文芸社セレクション

［蔵出し］クレオパトラ殺人ルート

岬 陽子
MISAKI Yoko

文芸社

目次

［蔵出し］クレオパトラ殺人ルート

「鈴音《すずね》ちゃ～ん、今日はお疲れー！　高音の発声もよく出ていたしトークも大分慣れてきたよ。いい調子！」

「ハイ、マネージャー有り難う御座います」

「じゃあ明日の歌謡コンサート、午後一までに岡崎の本宿《もとじゅく》ホールだからね。軽く食事を済ませて十一時半には事務所入りお願い。その点忘れないでよ」

「ハイ、明日は緑《みどり》ちゃんと二人ペアですね？

振り袖の着付けと髪のセットは事務所でいいんですか？」

「オッケーだよー！　お抱え美容室Ｊｏｙさんが十一時に来るから先に緑ちゃん、その後鈴音ちゃんの順だから宜しくね！」

何時も通りマネージャーはやる気満々で元気そうだった。

浜路《はまじ》鈴音は東京都にある日の出芸能プロダクションから、三ケ月前にこの若菜《わかな》音楽事務所に移籍した二十八歳の美人演歌歌手だ。

そして先程から鈴音に人懐っこく声を掛けながら、黒いワゴン車からカラオケ機材を運び出しているのはマネージャーの光晴《みつはる》である。

彼はこのカラオケ設備会社でもある若菜家の一人息子なのである。顔はマズマズのイケメン、髪は短めだがお洒落っぽいオールバックにしている。

鈴音より五歳年上、三十三歳である。

「ママママ鈴音ちゃんお疲れ！　カラオケ店巡りも中々大変でしょ？　もう三ケ月になるからソロソロ慣れたと思うけど鈴音ちゃんは緑ちゃんより十歳も若いし、今やこのオフィスの看板演歌歌手なのよ。バリバリ稼いで頂戴ね！　ウッフッフ」

光晴の母親でもある女社長の花代《はなよ》は煽《おだ》て上手だ。鈴音は上手くそれに乗せられ、その日は笑顔で挨拶し退社した。

実は浜路鈴音とは芸名で本名は浜口鈴江《はまぐちすずえ》である。

愛知県岡崎市出身なのだが、地元の高校卒業後数年してひょんな事からプロダクションにスカウトされ、東京で演歌歌手としてデビューする事になってしまった。

それもカラオケ大好きの母親、道江《みちえ》の誘いで、人数合わせの為にカラオケ喫茶の定例発表会に参加したのがきっかけだった。

丁度その時顔の広い店のママに頼まれたのか、東京からゲストとして歌手を連れて来ていたマネージャーの目に留まったのだ。

「フーン、高校のコーラス部の大会で準優勝したの？　やっぱりね。歌唱力抜群だしビブラートも上手いよ。中々チャーミングでルックスもいいし、これなら若手演歌歌手としてものになると思うね。

どう？　思い切って東京へ来てみない？」

東京のプロダクションに頼まれ、若手演歌歌手を探していたというのだが、そんな甘い言葉に乗せられて、鈴音だけでなく母親の道江までが娘可愛さにその気になってしまった。音楽に全く無関心な父親の強一《きょういち》と弟の雄也《ゆうや》は心配し反対したが、道江が上手く説得してくれ、一人で上京したのであった。

そしてそうなった以上歌手としての夢を叶えようと日々努力し、道江も費用を送金してくれた。有名作曲家にレッスンを受けた。そうして下積みも重ねたが、その後に出して貰った肝心のCDが売れないのだ。

売上を伸ばそうと焦り東京の下町や周辺のカフェバー、音楽スナックなどでも歌わせて貰ったが歌は上手いと言われても、結局鳴かず飛ばずでさらに年が過ぎてしまった。

どちらかというと人見知りはするし、元々引っ込み思案な性格が災いしていたのかも知れない。

しかしその他にリリースしてもらった曲調がどれも暗いイメージで、自分でも今一気に入らなかった事も不運だったのだ。その内プロダクションの方も当てが外れたのか鈴音は徐々に仕事も減らされた。

ギャラも安いし一間のアパートでの生活もままならず、そうなると道江の援助だけが頼りだった。

他ならぬ東京くんだりではそれも特別珍しい事ではないと他の同僚からは慰められた。

だがそんな生活が二～三年続いている内、見兼ねた道江がついに音を上げ帰郷を勧めてきたのである。

　しかも丁度その矢先、幸運にもというか道江は地元岡崎にある若菜音楽事務所の専属歌手募集の話をカラオケ喫茶のママから聞かされた。

「そうそう二～三日前に高三の時のクラスメートだった裕子《ゆうこ》ちゃんから電話が掛かってきてたわ。

　今年のクラス会にはぜひ出席して欲しいという話らしいけどね。それ以外に同級生女子の半分位はもう嫁いだと言っていたのよ。

　鈴江も本当はそろそろ花嫁修業を始めていい年頃なんだけどね、でもどうしても歌手を目指すならここからは結構近場だし、試しにその若菜音楽事務所とやらで少しだけお世話になってみたら？」

　道江も娘には何処までも甘く、相変わらず懲りない親馬鹿であった。その後鈴音が帰郷すると直ぐに、強一と相談して通勤用の軽自動車も一台買ってくれた。

　そんな訳で、鈴音は長年の東京暮らしを畳み帰郷すると同時に若菜音楽事務所に移籍したのだった。

「どうぞどうぞ、本当に鈴音ちゃんみたいな若くて奇麗なニューフェイスが来てくれるなんて大歓迎よ！　色々苦労して大変だったと思うけど、東京で芽の出るのはほんの一握りなのよ。

でもこっちで経験を生かし頑張ればその内パッと火が点くわ。心機一転よ！」

花代社長は快く移籍を承知してくれ、日の出プロダクションとの決別にも上手く話を付けてくれた。

「それで実はお恥ずかしい内輪話なんだけど、マネージャーの光晴も二年前まではポップス系の歌手だったのよ。

亡くなった亭主が四〜五年前に随分意気込んで歌手デビューさせたのよ。名古屋のレコード会社からＣＤを出したの。でもそれも結局売れず無駄骨でね」

元々はカラオケ機器の販売会社だったのだが、その社長だった光晴の父親が二年前に悪性の病気でポックリと亡くなってしまったという。

その後花代が生活の為に社長業を引き継ぎ、色々思案した挙げ句光晴をマネージャーに転職させ、会社を手伝わせながら音楽事務所も続行する事にしたらしい。

アルバイトなどの男性も数名はいるが、事務員は社長が兼ね、主に親子二人で切り回している。

最初鈴音が花代社長に面接した時は、何て男勝りの恐そうなおばさんだろうと一瞬気持ちが引いた。

しかし案外気は優しく明けっ広げでサッパリした性格だと分かった。

「何といってもここは火の車プロダクションなのよ、ギャラも安いけどその点宜しくね！」

と言うのが口癖だ。

そしてその若菜事務所には鈴音を含め四名の歌手が在籍している。

中でも鈴音より九歳年上の下北緑《しもきた》は豊田市下山町の北部から来ている。

同じ演歌歌手で独身でもあり鈴音には優しく親切な先輩だ。二人一緒に活動する事も多い。

五十歳近い高平誠《たかひらまこと》は色黒でセリフ入りのど演歌を得意とし北島三郎にも少し似ている。

彼は豊橋から電車で通ってくるが、前社長に可愛がられた縁続きだそうだ。

そして後一人は鈴音より半年前に登録したという香坂《こうさか》マリナである。

鈴音のデビュー当時と同じ位の十九歳、ピチピチギャルなのだが、若者に流行りのニューミュージック系歌手だ。

最近名古屋でリリースした曲のA面・B面も可成りヒットしてきていて、光晴が今一番期待し、力を入れている新人キャラなのであった。

「マアッ、本当に鈴江ちゃんなのね。

お久し振り！　鈴江ちゃんが東京から引き上げてきたってお母さんから聞いて電話したの。

きっと私達田舎者と違って今は凄く垢抜けてるわよね？　会うのが楽しみ。

とにかく御帰還お目出とう！」

夜九時頃久し振りの我が家で寛いでいると裕子から電話が掛かってきた。

「アラッ、裕ちゃんなの？　随分御無沙汰で御免なさい。でもお目出とうなんて大袈裟よ。こちらの音楽事務所に移籍して心機一転で頑張る事にしただけだから。

そう言えば母に聞いたけど、クラスの女子半分以上はもう結婚したんですって？

ねえねえそれで裕ちゃんはどうなの？　彼氏位はいるんでしょ？」

それについては女性として気になるらしく、急に高校時代のねっとり調子の声だ。

裕子もその当時を思い出した様にクックと含み笑いして答えた。

「御心配無く、全然よ！　皆無！

今はＯＬ稼業も身に付き過ぎでね。この年で会社ではもうお局様と呼ばれてるわ。

でもその様子じゃあ鈴江ちゃんの方も未だに男っ気無さそうね？」

「ウン、まあね。残念ながら歌手やタレントはプロダクションから恋愛禁止令が出てるからお付き合いも自由に出来ないし」

「本当？　でもそれって古臭〜い。

昔から奥手で、変に慎重だけど実は天然ボケというユニークな性格の所為じゃないの？」

流石によく観察しているではないか。

「天然ボケって失礼な！

そういう裕ちゃんの髪型だって爆発的な癖毛、それもボサボサで山ん婆とか酷い時は姥《うば》捨山《すて》、なんてみんなにからかわれていたでしょう?」

　鈴音も直ぐお返しをしてやった。それぞれの行き遅れの事情はさて置いて、二人は懐しい高校生時代を思い出してついキャッキャッと興奮しながら話が弾んだ。

「もう年なのかしら?　最近は一年二年はあっという間ね。それでお母さんには話したけど、今年八月のお盆休みには三年毎のクラス会があるの。

　順番に幹事が回ってきて今年は私が役割を頼まれたのよ。それで今年こそは是非出席して欲しいなと思って電話してみたの。

　卒業後、上京以来一度も顔を出していないでしょ?」

「そう言えばそうだわ。何時も母さんに欠席の葉書きを出してもらっていたし、東京では忙しくアパートの住所は同級生の誰にも知らせてなかったしね」

「フーン、でも幹事はその都度入れ替わるし、帰ってきたからには順番に鈴江ちゃんにもお鉢が回って行くわよ。

　私は出席できなかったけど先回の金館久理子《きんだてくりこ》さんの時のクラス会は大変だったそうなのよ。

　お父さんが凄い大会社の社長で、その秘書役を務めているそうだけどその所為か幹事も名ばかりで、殆ど進行などの打ち合わせ会議に出てこられなかったみたい。

　おまけにクラス会当日、本人までが欠席してしまったんですって」

「フーン?　金館さん?　金館さんといえば、そうだ!　あの変わり者で有名だった、しかもあの人クレオパトラなんて凄いニックネームが付いてたわね？」

　クラスメートの中の一人を思い出し頷いた。

「そうなのよ！　あの頃には何時もお高く取り澄まして机に寄り掛かり、しかもカッコ付けて一人でじっと窓の外を見ていたりしてた」「考える人の銅像みたく？」鈴音もフフッと笑った。

「そうそうあの頃よく流行った考える人の銅像みたいにね。

なのに本人は驚く程大胆で、授業中突然立ち上がり、先生に向かって意味不明な質問を平気で浴びせたり、周囲にお構いなしに突然大声で笑い出したりしてびっくりしたわ。目立ちたがりというか？　自己中というか、常にマイペースだったのよ。

　女優を目指し演劇部に所属していた事もあったとは聞いたけどね」

「そう言えば男子がそんな様子を見ていて余程呆れたのか、あいつは完全にクリクリパー子だ、と言ったのよね。久理子に引っ掛けたんだけど、でもそれが本人に聞こえてしまったのか。凄い目付きで睨まれ、慌てて、クリ、クリ、クレ、そうだ！　クレオパトラ様、御免！　って言い訳したのよね」

　裕子はその現場を間の当たりにしていたので、今になってそれを思い出しプップーッと吹き出した。

「そうだったみたいね。でもそのニックネームが似合いそうな雰囲気で彫りの深い顔立ちの美人だったわよ」

「そうだったかしら？　何処かの私立大学に入学したとは聞いていたけど、まあ、それはいいんだけどね。

そのクレオパトラ様が、幹事なのに出席出来ず申し訳なかったと後から言ってきて、お詫びに出席者と先生方にスフィンクスの置き物を一個ずつ贈呈したんだから凄いわ。

贈呈という言い方が似合いそうな値段も高そうで全体が金ピカなのよ。高さ十五センチ位の丁度日本でよく売られている招き猫みたいな奴よ」

「ヘーッ、それは本当にびっくらポンだわ。話を聞くと何か面白そうだわ。じゃあ久理子さんにも一度会ってみたいけど、今度のクラス会には彼女も来れるのかしら？」

「それはまだ分からないわ。だけど往復葉書きを出すから鈴江ちゃんは出席でお願いね。だけどその前に随分久し振りなんだし何処かでゆっくりお喋りしない？

もし暇が出来たら電話頂戴、待ってるからね。それではお休みなさい」

裕子がお休みを言って電話を切った時にはもう十一時を過ぎていた。

鈴音はそれからすぐ布団に潜り込んだ。しかし中々寝付かれずゴソゴソしている内に高校時代の金館久理子の顔が頭に浮かんできた。唯一記憶に残っていたのはめったに見せた事のないあの華やかなチャーミングな笑顔だった。

「鈴江ちゃん、明日は頑張って歌ってね。私陰ながら応援してるから」

それは三年生最後になる合唱コンクールに出場する直前だった。突然廊下で声を掛けられたのだ。

惜しくも優勝からは外れたが、その時の彼女は優しいというよりは威圧的な態度に見え少し面食らった。それでも妙な憧れがあり声を掛けられて嬉しかった事を覚えている。けれど当時は彼女も社長令嬢だなどとは一言も言わず噯《おくび》にも出さなかったし、鈴音も全く知らなかった。

しかも自分は卒業以後は上京してしまい、そのクレオパトラとは一度も接点がなかったのである。

だがもしかしたら彼女の方は鈴音の歌手デビューを知っていたのではないか？　と推測した。

当時、鈴音のデビューはクラスメート達の間では随分と噂になっていたらしいから。

「緑ちゃん、鈴音ちゃん、もう準備出来てる？

サアサア出発、超特急で行くよ！」歌謡コンサート当日光晴からお呼びが掛かった。

事務所から本宿ホールまでは車で三十分程なので一時までには充分間に合うのだが、光晴はマイクの調節やカラオケ装置の接続など、雑用もあるので少しは早めに到着したいのだ。

「アッ、ストップ！　ちょっとお待ち、光晴！」

だが出発間際になって花代社長が事務所からセカセカと飛び出してきた。

見ると腕に春らしい、しかも可成り豪華な花束を抱えていた。

「今日の新春歌謡コンサートはウチの主催なんだけど、最初の頭にお笑いタレントのポンタさんが出演してくれるのよ。

今時超売れっこなのにお願いしたら特別に引き受けてくれてね。

それでそのポンタさんの座が引けて退場する直前に、次の出番の鈴音ちゃんからお礼としてこの花束を渡してあげて欲しいのよ」

鈴音がワゴン車の中から手を伸ばし赤やピンクの花束を受け取ると、車は急発車して国一の方向へと走り出した。

花代社長も色々手立てが大変らしいが、実際地方の無名歌手となるとこちらから営業しないと中々お声が掛からない。顔を覚えてもらおうとテレビ出演の枠など取るにも、その費用も自分持ちで馬鹿にならないのである。

そこいらは名の売れたメジャー歌手とはすっぽん位の違いがあるのだ。それに比べ、最近の漫才師や落語家、若手のお笑いタレントなどは今や空前の大ブームである。特にポンタはこの三河地方の出身だが最近メキメキ頭角を現してきている。

花代社長はその人気者のポンタを今日の歌謡ショーに迎え入れて入場客を確保しようと考え、又今後の仕事上での繋がりを持ちたいと、出演をお願いしたかったのだ。

やがてワゴン車は予定通り、一時三十分前に本宿ホールに到着した。

光晴がカラオケ機器などを運び出している内に鈴音は緑と一緒に先に会場入りした。

特別な広さでもなく、地域住民の集会所になっている古い二階建ての会館だった。受付で挨拶を済ませ、振り袖を持ち上げる様にしながら控え室までの廊下をグルリと歩いた。

すると向こうから茶髪パーマ頭の若い男が粋な和服姿で扇子片手に悠々とやって来る。

「アラッ、話をすれば何とやら鈴音ちゃん、見て、ポンタさんよ！」

前を歩いていた緑が小さく声を上げて近付いてくるポンタに会釈した。

鈴音も手渡す予定の花束など抱えていたし、今渡せないもののこのまま黙って通り過ぎるのは気が引けた。

「マアッ、ポンタさんですね？　カッコイイワ！　お初にお目に掛かります。若菜事務所の浜路鈴音と申します」

失礼のない言い方で話し掛けてみた。

「ヤアッ、これはどうも、貴方が若菜事務所の待望の星、鈴音さんですね？　社長にお噂は伺ってますよ。最近の持ち歌『三河夢咲き音頭』がノリがよくて大人気だそうですね？

僕も盆踊りは中々イケますよ。今度踊り連の一人に交ぜて下さい。炭坑節と同じ踊りでいいんですよね？」

ポンタは気軽に答えてくれ、おまけに両手を持ち上げながら、扇子を開いてひょうきんに踊って見せた。

「とてもお上手ですね。でも盆踊りって真面目ですか？

じゃあ今度是非とも出演をお願いします。社長も喜ぶと思いますから」

冗談だと分かっていたが、鈴音はつい笑い出して、何故かその時無関係な自分の弟、雄也を思い出し比較してしまった。

同年齢の筈だが弟よりずっと気が利いて感じがいい。

下積みが長くて苦労人なのか？　とにかく初対面なのにすっかり打ち解けた。


「サアサア今からお待ち兼ねの楽しいショーの開演ですよ。

ポンタさんの後、鈴音ちゃん花束宜しくね。

でも先に立ち位置確認、その点お願いね！」

やがて光晴の合図で黒に寿の染め抜かれた年代物の幕が開き、ポンタが拍手に迎えられて舞台に上がった。

鈴音は舞台の上手でスタンバイしながら幕の隙間からこっそり客席を覗いて見た。

地元商店街からの招待客で超満員である。

殆ど落語好きなお年寄りばかりでポンタ目当てらしく、今さらながら凄い人気だと少々羨ましくなった。そしてその後ポンタに花束を渡してからは鈴音の出番だった。

「皆様今日は。若菜音楽事務所の浜路鈴音と申します。二十八歳ですけど皆様実は私と同世代ですよね？

ポンタさんの後で顔に笑い皺が残って老けてますけど本当は若いお父さん、お父さん方、それでは頑張って歌います。どうぞ拍手と共に楽しくお聞き下さい」

元来自己紹介やトークなどは苦手でモタモタするのだが、今日はポンタ効果のお陰で挨拶が調子良く決まった。

歌唱曲は東京でリリースした三曲を含め全部で四曲で、最後の三河夢咲き音頭が若菜事務所で作曲してくれた盆踊りソングだ。

ポンタがいう様にノリがよくて楽しく今日の舞台は地元の舞踊同好会が協力してくれた。

その後バトンタッチした下北緑がやはり土地柄にふさわしい曲を始め叙情豊かな演歌を四曲、艶やかに歌い上げてショーは終了となるのだが、その間に一つ定番のお仕事がある。

会館の出入り口にセットしてもらった臨時販売コーナーでＣＤやカセットテープなどを並べ会場に出入りする客を待つのだ。メジャーな歌手ならプロダクション側が引き受けるのだが、こちらは人手不足で自ら客引きをせねばならない。サインやプロフィール説明などのお付き合いサービスもするが、それはそれで身近に感じ顔も覚えてもらえる。

先に舞台を終えた鈴音が売り場に立ち新曲の宣伝などしながら販売していると、最後に歌い終わった緑が慌てて駆け付けた。

「お疲れ様、鈴音ちゃん売上はどお？

そういえば開演前にポンタさんがＣＤ二枚買ってくれたわよ。

鈴音ちゃんの『三河夢咲き音頭』と私の『下北流れ花』をね。御挨拶代わりにと言っていたわ。帰り際には次の仕事があるからお先に失礼しますと声を掛けてくれたし、花束は後援会の会長によいおみやげが出来たなどと付き人さんと喜んで話してたわよ」

「エェッ？　後援会会長におみやげですって？　会長は花が好きな人ね。もしかしたら女性だったりして？」

「だけど彼は売れっこで引っ張りダコなんでしょ？　ポンタさんに少し仕事を回して頂きたいわよねえ鈴音ちゃん！」

緑と二人冗談を言い合って笑っていたが、その内商店街会長の挨拶やお話も終わり、ホールから廊下に観客がドドッと溢れ出てきた。

「サアサア今からが勝負、一頑張りよ！」

互いに顔を見合わせてガンバ！　と共に腕捲りした。


それから二〜三日後の夕方近くの事だ。

「若菜事務所の浜路鈴音で〜す。どうぞ宜しく〜、新曲キャンペーンに参りました」

何時もと変わらぬ笑顔を振り撒き、カラオケ喫茶をキャンペーン廻りしていたが、その途中光晴の携帯に着信が入った。

「鈴音ちゃん、誰かと思ったら先日のポンタさんだよ、態々花束のお礼を言ってきてくれたんだけどね」

鈴音が歌い終わるのを待ってからヒソヒソと耳打ちしてきた。

「その用事だけでもなくて、それでね、鈴音ちゃんに何処かの祝賀会イベントの歌謡ショーに出演して欲しいそうなんだ。時期は五月だと聞いたけど、何か鈴音ちゃんの高校の同級生のクレオパトラがどうのと可笑しな話をしていてよく分からない。鈴音ちゃんから直接ポンタさんに電話してみてくれない？」

「ハイ、分かりました。でもクレオパトラがどうのってですか？」

キャンペーン終了後に首を傾げながらポンタに連絡を取ってみた。

「ヤアッ、鈴音さん？　先日はどうもどうもです！」

聞き覚えのある軽快な元気印の声が返ってきた。

「実は五月半ば頃の予定だそうですが、僕も出演する会社のイベントがあり、そこの社長のたってのお願いなのでぜひ引き受けてくれませんか？」

「お仕事を紹介して下さったんですか？　有り難う御座います。それならマネージャーと相談してみます」

緑と冗談を言い合ってはいたが、まさか本当にポンタが仕事を回してくれるとは思ってもみなかった。

「それにそうなんですが、その主催者に不動産王としても有名な金館《きんだて》ホールディングスの二代目社長、金館久理子なんですよ。

先日頂いた花束を渡して鈴音さんの話をした時に、偶然高校の同級生だと分かったみたいです。

本人は喜んで、可成り乗り気ですよ。クレオパトラと言えば私一人しかいないから分かる、などと言って笑ってましたが、一度そのクレオパトラ社長に直接電話して詳しい話を聞いてみてくれませんか？

僕から花代社長にお願いしてもいいですが、もし承知なら当日は、金館ホールディングスのリムジンがお迎えに行きますよ」

ポンタは久理子の携帯番号を教えるとサッサと電話を切ってしまった。今は大阪ミナミの劇場にいて、これから出演するので忙しいのだそうだ。

鈴音は突然の話に、後援会長だという久理子とポンタの関係位詳しく聞きたかったがその暇もなかった。


「鈴音ちゃんは今まで長期東京暮らしで知らなかったと思うけど、金館《きんだて》ホールディングスといえばこの辺りでは超有名な一流の大会社なんだよ。

確かここ半年程前に七十代の先代社長が亡くなったって聞いたよ。死因など詳しくは知らないけどね。

本社は名古屋だけどその社長は元々この地方の出身で、個人の運送会社から一代でコツコツと五十年、その間に莫大な資金や不動産を手に入れたんだそうだ。

現在では本来の運輸業から海外貿易分野にまで進出し飛ぶ鳥を落とす勢いだとか。全く羨ましい限りだよね」

「ポンタさんの言っていたその後の二代目社長に就任したのが久理子さんなんだわ」

鈴音は光晴に説明されてやっと話が見えた。

「高三の時に彼女に付いたニックネームがクレオパトラだったんだけど、でもイメージはピッタリなのよ。

それでその二代目社長就任祝賀パーティーが五月半ばの日曜日らしいわ。その時余興としての歌謡ショーに出演して歌って欲しいという事らしいわ。

でもその頃、他の出演予定も入ってるかも知れません。重なるかもですが大丈夫でしょうか？」

事務所へ戻る途中、車内で光晴に打診してみたがそれには二つ返事というか、むしろ大喜びで承知してくれた。

ポンタの口振りからして、事務所にとってもギャラが沢山貰えればメリットのある話なのである。

「そうだ。そう言えばポンタさんは先代社長に随分可愛がられていて後援会も立ち上げてくれたそうだからな。花代社長はよく知ってるらしいけど、きっと今の後援会も先代からそのまま二代目社長が引き継いだんじゃないの？」

「ウン、そうかも知れませんね。それにしてもあの久理子さんが今は大会社の社長だなんて、それにしても世の中何処でどんな御縁があるか分かりませんね。今回は本当にラッキーだったわ！」

光晴はこの件は自分から花代社長に報告しておくからいいよ。と言い上機嫌だった。

さらにその日はＣＤやカセットテープの売れ行きも予想以上に多かったので、光晴は益々気を良くして帰社途中、中華料理店でラーメンとギョーザを御馳走してくれた。

鈴音は好物の豚骨ラーメンを美味しそうに啜りながら、ポンタに手渡した花束が偶然とはいえ久理子に届いてよかった。今さらながら本当に好運だったと満足気に微笑んだ。

その後花代社長からもお許しが出たので鈴音は安心し、それから久理子ことクレオパトラ社長に何度も連絡を取ってみた。

しかしずっと留守電になっていて一週間が過ぎてもまだ一向に繋がらないのである。

仕方がない。こうなれば会社の方に直接電話を入れて呼び出して貰おうか？　と思案していた矢先だった。

「あの、貴方、姉の携帯に何度も着信がありましたが、どちら様ですか？　姉なら家に携帯置いたまま海外出張中ですが？」

副社長と名乗る若い男の方から突然電話が掛かって来た。久理子の弟万久人《まくと》だった。

「アア、そうだったんですか。その話は何も聞いてなくてすみません。私、久理子さんの同級生で浜路鈴音という演歌歌手なんですが。

この度ポンタさんを通じて社長様就任祝賀パーティーへの出演依頼を頂いたものですから」ところが予想もしないぶっきらぼうな返事が返ってきた。

「へーッ、それはどうも、貴方と他にもう一人の方も同級生らしく、何度も着信が入っていましたが？

　責任上姉が帰国したら伝えておきますが、そのパーティーの件は僕に一任されているのですぐに返事は出来兼ねます。

　実は僕も以前東京は新宿の某芸能プロダクションに所属していた時期がありましてね。その仲間が今プロダクションのマネージャーをしているので既にそちらに一流歌手を依頼済みなんですよ。悪しからず」

　そう言ってから電話はプツンと切れた。

　姉、弟の関係なのに、何か不親切な対応だと落胆したが、それにしてもその副社長が自分同様東京のプロダクションに所属していたなどは全く寝耳に水で、多分出会った事はないのだろう。芸能プロダクションと言っても東京にはピンから切りまで数え切れない程存在するのだから。

　それと彼の話し方からして久理子に何度も電話を入れた同級生というのはクラス会の話で、裕子ではないかと思い、その夜、帰宅後彼女に聞いてみた。

「エエ、電話したわよ。クラス会の往復葉書きを郵送し始めたんだけど一応久理子さんの現住所を確認しようかと思ったのよ。

　以前住所が違っていて葉書きが届かずそのまま戻ってきた事もあったらしいから。

　でもあの弟さんの不愛想な事、驚き桃の木ビックラポンよ。

彼が言うには『住所は変わってないけど、海外出張が多くて何時家に帰るか分からないし姉が読むかどうかも保証出来ないよ』ですって。

あんなんではクラス会に出席出来るかどうかも怪しいし、当てにならないわね」

裕子は気に入らない様子でブツクサ愚痴っていたが、翌日には鈴音の家にもその往復葉書きが配達された。

その後の鈴音は相変わらず温泉施設でのショーやキャンペーン巡りを繰り返し、頭を下げポスターを張らせてもらったりしていたが例のクレオパトラからはその後何の連絡もなく、一ケ月が過ぎようとしたそんな時、その代わりというか東京から鈴音に一本の電話が掛かってきた。

それは歌手仲間で、長年苦労を共にしてきた同期の桜、調布雪乃《ちょうふゆきの》からだった。

「鈴音ちゃんったら元気？　アパートも引き払ってどうしたのよ。

私に黙って東京から消えちゃうなんて驚いたわ。

聞けば実家に里帰りしたんですって？」

あの頃聞き慣れていた跳ねっ返り調の声が今は何故か優しく懐しく聞こえるから不思議だ。

「アラッ？　心配してくれていたの？　ゴメンゴメン、年末に帰ったからバタバタ忙しくて。落ち着いたら電話しようと思いながらついつい遅れてしまって」

「大変だったわねえ！　でもこちらもマネージャーが最近以前のダサイ小父さんからやり手の若い人に変わったのよ。

それで情報が遅れていて一ケ月前にやっと分かったの。郷里のプロダクションに移籍したんですってね？　頑張ってるの？　大丈夫なの？」

雪乃は元来お喋りで舞台でのトークは上手いのだが、一方的に畳み掛けてくるのが煩く玉に瑕だ。

「ウーン、まあね。今は何とか心機一転って事で頑張っているわ。有り難う。

でも本当のところは東京での生活が大変だったので帰省するしかなかったのよ。

雪乃ちゃんみたいに田園調布に御両親の立派な住まいがあってお金持ちだったらよかったけどね」

雪乃は東京都の田園調布出身なのでその代表らしく芸名が調布雪乃と決まったらしい。

父親は厳格な大学教授だが、祖父が詩吟の師匠だった関係で演歌を覚え、それがきっかけで歌手デビューしたという。それというのも本人は歌は好きだが父親に似ず勉学は好きでなかったらしいのだ。

「東京に住んでいればプロ歌手として成功出来る訳じゃないわよ。

でも私も鈴音ちゃんも未だ二十八歳、未だ未だ未来は明るいわ、大丈夫大丈夫これからも一緒に頑張ろうね」

しかし同期の桜とはいっても実際は雪乃の方が二歳年上なんだ、と他の同僚からコッソリ聞いた覚えがある。自分でももうバレてると知っている様だが、それでも多少年齢のサバを読むのは芸能界の常識だからと本人は案外アバウトでケロッとしている。

「エーッと、それで私が今日電話した本筋は実はね、鈴音ちゃんのいる愛知県岡崎市の大会社から仕事が入ったのよ。岡崎って有名な徳川家康の出生地だったわよね？　それはいいけど、会社名は金館ホールディングスと言ってそこの祝賀パーティのイベントらしいわ。

副社長さんが今の私のマネージャーと懇意で、しかも彼は凄く頭の切れるマネージャーで、全国レベルのメジャー歌手、美波間千鳥《みはまちどり》に出演衣頼をして、私にその前座を取ってくれたのよ。鈴音ちゃんも知ってると思うけど、その美波間さんとの仲を噂されてる例の新人歌手、坂《さか》の上春吉《うえはるきち》さんもセットで一緒にらしいわ」

「エーッ、そうだったの？　あの副社長が偶然雪乃ちゃんのマネージャーの友人だったので歌謡ショーの仕事が入ったのね？」『実は私もその歌謡ショーに出演を』と言い掛けてふと黙り込んだ。

「そうよ。そう聞いてるわ。二人は一緒にタレントを目指し、失敗した仲なんだけど副社長さんは諦めて東京を去り、一方私のマネージャーは一時ヤクザ紛いの仕事もしたりしてたけど、その経験や手腕を生かし再び芸能界に返り咲いたとか？

本人が言うには色々苦労してるから裏社会との繋がりもあったけどそれはもう過去の話なんですって」

「金館ホールディングスはこの辺では可成り有名な財閥だそうよ。でも良かったわ。雪乃ちゃんに仕事が入って。じゃあ東京から田舎に出稼ぎに来るのね？」

顔では笑いながらつい皮肉った冗談が口に出た。

「ママアそんな！　出稼ぎなんて縄張り争いじゃあるまいし、折角鈴音ちゃん家の近くまで行くんなら一緒にお茶でもと思っただけよ」

「分かったわ。有り難う。その時はぜひ若菜音楽事務所にも寄ってね。私も楽しみにしているから。じゃあ雪乃ちゃん又ね」

急いで電話を切ったが鈴音にしては未だに久理子と連絡が取れていないので、自分もその同じ歌謡ショーに出演予定だなどとは言い切れず、その反動で雪乃には何処かよそよそしい態度を取ってしまったのである。

その内四月が来て、何処も彼処も日本中がお花見シーズン真っ盛りとなった。

御多分に漏れず鈴音にもアチコチの桜祭などや野外ステージからお声が掛かった。

岡崎や豊田周辺の桜の名所が舞台だったが、殆どがボランティア団体の招きなのでギャラは出ない。

しかし持ち歌以外にファンサービスでデュエット曲などをリクエストされ、一緒に歌ったりして最後に金一封のご祝儀が貰える。

そんな時は一人で着物姿のまま現地まで運転するのだが、終了後は事務所に戻らずそのまま自宅へ直行出来た。

そんなバタバタした慌ただしい帰り道だったが。

「鈴江ちゃん私よ。元気？　本当にお久し振りです！」

アレッ？　携帯に見覚えある番号が入ったがその途端、あの甲高い声の金館久理子からだと分かった。

「何度もお電話頂いてたのに返事が遅くなって御免なさい。副社長から聞いたんだけど、もしかしたら彼の事だから何か失礼な言い方してませんでした？

駄目な弟なんで私も彼のお陰で何時も大迷惑してるのよ。

とにかく昨夜イタリアから帰国したばかりで頭がフラフラするわ、時差ボケらしいの」

昔同様張りのある声が耳に響く。

「マア、久理子さん、お元気でした？　ポンタさんから聞きました。けど、今は大会社の社長さんなんですって？

本当にお目出とう御座います。

この度は私まで祝賀パーティーにお声掛け頂き誠に有り難う御座いました」

ところが久々に聞く同級生の畏まった物言いに久理子は面白そうに、クスクス笑い出した。

「まあまあ堅苦しい挨拶は抜きよ。

ザックバランでいいわ。同級生なんだから。

鈴江ちゃんが歌手デビューした事は聞いて知っていたけど、最近岡崎に戻ったたって偶然ポンタに聞いて驚いたわ。

あの時丁度海外出張前で忙しく取り敢えずポンタに歌謡ショーの件を連絡してもらったの」

久理子の話では急な内密の海外出張でその事はポンタに詳しく伝えていなかったという。

「そうだったんですね。

でも、副社長さんは東京から一流の歌手を呼んでいるそうですけど、三流歌手の私なんかが出演させて頂いて宜しいんでしょうか？」

「アァ、その事ね。

気にしないで、万久人《まくと》は自分が少し芸能分野を嚙ったので得意になって勝手にイベント担当を決め込んでるだけだわ。

大丈夫よ、鈴江ちゃんの事は私の方から万久人に話しておくから」

つい弱気になった鈴音の申し出を久理子は快く受け止めてくれた。

「弟は私より三歳年下、その姉は私より一歳年下で専務なのよ。実は二人は私とは腹違いの姉弟なの。

父が台湾国籍の愛人に産ませた子達なのよ。

でも私の母が五年前に亡くなり父も半年前に突然倒れ旅立ってしまったので私には他に

はもう身内がいないのよ。

だから腹違いといっても二人を会社でも随分優遇しているわ」

鈴音も裕子同様、副社長の何処か横柄な態度に憤慨していたが久理子から腹違いなどと聞いてやっと納得出来た。

「父の遺言でもあるので共同で会社を経営しているわ。でも社内には二人が手を組んで私を社長の座から追い落とそうとか、父の遺言で私が譲り受けた不動産や財産を狙っている、などという悪い噂もあるの。

信じたくないので耳を塞いで聞こえない振りをしているけど、でも気の所為か最近時々暴力団風の男達に尾行された事もあったわ。

けれどそんな事でいちいち大騒ぎするとマスコミが嗅ぎ付け身内の事で世間の好奇な目に晒されるし、笑い者にされてしまう。仕事の方はともかくも社長業といっても色々と大変なのよ」

久理子はクラスメートだった鈴音になら気を許せると感じたのかポロリポロリと本音を漏らした。

「高三の頃は受験へのストレスもあったけど、それ以上にワンマンな父親との折り合いが上手くいってなくて、毎日イライラして可成りヒステリックになっていたわ。

でもそんな時天然ボケの鈴江ちゃんがあっけらかんとニコニコ笑っているのを見て何故か心が癒されたの。

それでつい話し掛けた事もあったけど、鈴江ちゃんはその頃から声が奇麗だったし、いいえ、お顔も魅力的で可愛かったけどね。後で歌手デビューしたと聞いてああ矢張り、と納得したわ。

それに三流歌手なんて卑下しなくていいのよ。あの時のウグイスみたいな奇麗な声をもう一度聞かせて欲しいわ」

「マアッ、そんな恥ずかしい！」

鈴音は思ってもみなかった久理子社長の心遣いが嬉しく、恥ずかしくて顔から火が出そうになった。

「あの当時は進学とか就職とかが目の前で、お互いにゆっくり話す時間も余裕もなかったかも知れません。

でも、そう言えば藤田裕子ちゃん覚えてますか？　あの爆弾頭の姥捨山の？

今年クラス会の幹事だと言っていたし、ぜひ出席して欲しいそうです。もし宜しかったらその前に一度三人でお茶などしませんか？」

ついつい誘ってしまったが、相手はクラスメートとは言ってもそれは昔の事、今や大会社の社長である。

「そうね、いいわよ。来週辺りなら何とか時間が取れる筈よ。実家の近くに美味しいステーキハウスがあるんだけど、暫く御無沙汰だけど、そこにしてもいいかしら？　予約が取れたらこちらから連絡致します」

意外とスンナリ答えが返ってきて鈴音は気が抜けホッとした。

二〜三日後、その二代目久理子社長から再度電話があり、予約が取れたので土曜の夜七時現地集合という話に決まった。

当日は裕子と待ち合わせ鈴音が運転したが、岡崎市の外れから幸田町を抜ける途中の分かり難い店だ。と聞いていた。

先ず国一を通り抜け二四八号線を南へ南へと走り続け夕方六時には到着出来た。

グルリと見渡すと週末なので繁盛しているらしく、広い駐車場にはもう十台以上の高級車が停まっていた。

「へーッ、これぞ知る人ぞ知るっていう会員制の高級ステーキ店なのね」

助手席の裕子が珍しそうに辺りを物色している。

駐車場の隣には小川が自然に流れ込む池があり、鮎や鱒を放流しているらしい。

そしてその奥には一戸建て平屋ハウスが大小、七〜八戸点在していた。

「久理子さんが言うには会社関係など役員との打ち合わせや内密の個人的な商談に適した穴場なんだそうよ」

「フーン、なる程ね、でもきっと美味しいに違いないけどお値段も高そう！」

やがてぷ〜んと肉の焼けるよい匂いが漂う中二人はおっかなびっくり、広い日本庭園を横切り指定されたステーキハウスの表札番号を探した。

大会社社長との食事などというので裕子は昔と同じ例のバサバサ髪を丸くセットし、一張羅のフリル付きワンピース着用だし、鈴音は歌手としての御挨拶も兼ねているので、長い髪をアップして薄化粧、清楚な和服姿だった。

やがて「楽」と太字で書かれた表札を見つけ中に入った。

「久理子社長は自分が招待するので食事代は御心配なく、なんて言ってくれたけど、それでは申し訳ないから三人で割り勘でもいいわよね？」鈴音が言うと裕子も尤もらしく頷いた。

「そりゃあ当然よ。社長といってもその前に同級生なんだもの、平等がいいに決まってるわ」、などと喜んで賛成してくれた。

その後ソワソワしながら室内に飾られてある調度品をジロジロ見定めたりして二十分程待ってみたが、主役の久理子はまだ現れない。

「失礼致します。お時間ですので今から食事の御用意をさせて頂きます。炭火を起こしますよ」

その内入り口の戸が開いて白いコック帽のシェフが顔を見せた。可成り年配らしくよくよく見ると白髪頭だ。

すぐ後には地味な着物にエプロン姿の女性が一人、特大のお盆にぶ厚いステーキ肉、鮮魚、野菜などを載せ運び入れてくれた。

それから二人はシェフが炭火を起こしている間、その手捌きに見惚れていた。ところがである、約束の七時を過ぎても久理子は来なかったのだ。

そしてその代わりというか六十歳前後の上品な紳士が遠慮勝ちに顔を覗かせた。

「これはどうも社長に伺っておりますが浜口様と藤田様でいらっしゃいますね？

私は金館ホールディングス、第一秘書課の能世《のぜ》と申します。

実は誠に申し上げ難いのですが、社長は本日急用が出来ましてこちらにはお見えになりません。

ステーキのお支払いの方はこちらで済ませて御座いますので、申し訳ありませんが今夜のところはお二方でお食事をなさって下さいませ」

「エーッ、久理子さん来られないの？」

鈴音達はその言葉に驚き落胆した。それだけでなくこのまま図々しく居座る事も心情的に憚られた。

「それではいくら何でも失礼過ぎます。私達は大丈夫です。又出直しますからお気遣いなく」

「イエイエ、それでは私が社長に叱られます。どうぞ御遠慮なく。御注文も遠慮なくシェフにどんどんお申し付け下さい」

鈴音は判断に困って裕子と顔を見合わせたが、その時既に目の前の鉄板からジュージューと音がして肉の焼ける香ばしい匂いが鼻っ面に漂ってきた。

「サア、どうぞどうぞ、折角ですから御賞味下さい。社長もお好きな最高級黒毛和牛の肉ですよ」

シェフにそう言われてみると今さらこのまま帰る方がもっと失礼な気もする。

「有り難う御座います。それではお言葉に甘えて遠慮なく頂きましょう。ですが急用と言われましたが社長は又何処ぞへ出張とかですか？」

以前の長期海外出張の事もあり能世に一応聞いておこうと思ったのだ。

すると能世は一瞬躊躇《ためら》った様子を見せた。

「いや、出張ではないのですが、実は社長の妹さん、つまり専務が昨夜突然不慮の事故に遭われましてね。その急な後始末などでちょっと。

とにかく社長の方から何れ連絡があると思いますので余りお気になさらない様に。今日のところはこれで。

あっ、それとここでの予約時間は十時までとなっておりますので、それまでは何も気にせずごゆっくりなさって下さいませ」

二人にそれだけ言い残すと能世は、後は頼むと言う様にシェフに目配せして急ぎ足でハウスから去って行った。

「それで態々知らせに来てくれたのね！　でも妹さんが事故に遭ったなんて大変じゃない。後始末なんて言って命に別状はなかったのかしら？」

二人は顔を見合わせたがその間にも高級ブランド牛肉は美味しそうに焼き上がり、シェフが切り分けてくれている。

「サアサア、お熱い内にどうぞ。野菜や魚介類なども今から焼きますが。他の御注文はそちらのメニュー表からお選び下さい。飲み物もお代わりを頼みましょうか？」

愛想よく勧めてくれるのでついお言葉に甘え結局デザートや果物までドンドン注文してしまった。

「先程チラッと小耳に挟みましたが社長の妹さんと言われますと久摩子《くまこ》専務ですね？腹違いとはいえ社長は何かと気に掛けてよくお世話されていましたからね」

シェフは社長の父親からの御縁で久理子の家の内情をよく知っているらしかった。

「御本人も楽しみにしていらっしゃったのにお見えになれず残念ですがね。そういえば以前副社長や専務も連れてみえましたが全て社長の奢りでしかも何時も現金払いでしてね。それにしても副社長は社長をてこずらせてばかりですよ。久摩子専務まで我が儘な副社長に味方し言いなりだとか、とにかく身内も色々難しいと悩んでおられましたよ」

今となっては大御馳走に舌鼓を打ちながら鈴音も裕子も夢見心地である。黙ってシェフのボヤキを聞いていたが副社長への辛辣な口振りになると聞き捨てもならない。

「久理子社長はこのお店をとても気に入って贔屓にしてると聞きましたが、そんなに色々よく知ってらっしゃるのはシェフとも長いお付き合いなんですね？」

「エエ、それは、先代社長にも特別にお世話になりまして、その頃から私共には特別のお得意様なんですよ。

お世話になっていて何ですがそれにしてもあの副社長だけは感心しませんよ。

ここだけの話ですが、昔から行動を共にしている不良グループがあり、四～五年前その内の数人と東京に繰り出しタレントを目指したが結局ものにならなかったらしいです。

それが今は親の七光もあり、ちゃっかり副社長に納まってるんですから運がよいというかとにかく全く苦労知らずのお坊っちゃんですよ」

「エーッ、その事は私も久理子さんから聞いていますが」

内容はともかくその副社長同様にコッソリ里帰りしてきた鈴音にとってもいささか耳の痛い話ではある。

「ここ一年前の話ですが、象牙が高値で売買出来ると聞いて、アフリカ方面から買い占めるつもりで係わったのが国際詐欺グループで、結局一文無しになり身ぐるみ剝がされたんだそうです。

それにここ半年前には、それも丁度先代社長がお亡くなりになる前でしたが、イタリアの地中海沖から海賊のお宝を盗み出そうとしたとか。

大昔ヴァイキングに沈められそのままになっている貿易船からだそうで、その時も無駄金を使った挙げ句外国の警察どころかマフィアにも追っ掛けられ殺されそうになったなど、副社長の性格ならしても全く杜撰な話ですよ」

「エーッ、本当に？　それにしても何て馬鹿というか大胆な？

失礼、それって国際犯罪になるの？」

鈴音も裕子も目を丸くして聞き返した。

「当然ですよ。国の法律や制海権もありますからね、そう言えば万久人様が家出をし上京したものの直ぐに失敗して帰郷した時、先代社長は却って大喜びをしたと聞いています。それを機会に仕事を見習わせようと、アチコチ海外出張に連れ歩いたのが仇になったんでしょうね。

何処か恐い物知らずにして気が大きいのは久理子社長も同じで金館家の血筋なんでしょうがねえ」シェフは笑いながらも小さく溜め息を漏らした。

「気が大きいといえば高三の時久理子さんに付いたニックネームがイメージピッタリのクレオパトラでした。私達クラスメイトは陰でそう呼んでたんですけどね。そういえば最近一ケ月程の海外出張から帰って来たところですってね？　本人から聞いてないけどまさかその副社長のマフィアの一件が原因じゃあ？」

するとシェフは口に人差し指を当てシーッと言う仕草をした。

「よく御存知ですね、その通りなんですよ。

先代社長の葬儀を済ませた後、社長は現地に飛び、大金を支払い、キチンと法律的な解決をしてきたんだそうですよ」

シェフは一旦話を止めて、果物やデザート類の追加をと、勧めてくれた。

「先日社長に今回の御予約を頂いた時におっしゃってました。まあそのお陰でというか五つ星ホテルバウアーに滞在しゴンドラや水上バス経由で案内され、地中海の幸料理店巡りもしてきたとかで久し振りに少し休暇が取れたそうですがね」

「そうですか。一ケ月も掛かって大変だったんですね。でもまさか社長が無用心に一人っきりで日本からのフライトなんてなかったんですよね？」

「そりゃあそうですよ。女性秘書が一人お供したらしいですよ。でも観光は現地で専用のガイドでも雇ったんじゃないですか？

有り難い事に私共にはヴェネツィアングラスを一ダース帰国する前に送って下さいました。何時も世話になっているお礼だからと言ってね」

「へーッ、凄い！　聞くところによるとそれって絶対割れない素敵なカラフルなグランドグラスよね。

話を聞いていたら私達も今すぐイタリア旅行に行きたくなったわ。ねえ鈴音ちゃん？」

裕子は羨ましそうに深々と溜め息を吐いた。シェフはそれを横目にして笑いながらも未だ話し足りないらしい。

「社長は副社長の行き過ぎた行動がマスコミに知られる事から生じる会社の信用問題や混乱などを未然に防ぎたかったんでしょう。昔からよく気の付く賢い方ですからね。

それにいくら有名な上場企業の大船会社だからといっても、ちょっとした割れ目から水が入り、あっという間に沈没する場合もありますよ。あのタイタニック号の悲劇の様にね」

「フンフン成る程あのタイタニック号の様にねえ！」

鈴音達二人は特製デザートを美味しく味わいながら、もう上の空で聞いていた。

「しかし肝心の万久人副社長は何処吹く風、何かと躾に厳しかった先代社長の目も今となっては届かない。我が身に直接火の粉が降り掛からねば目が覚めないお方でしょうなあ。お労しい事で」

シェフはそこまで話すと、流石に少し喋り過ぎたと後悔したのか、白いコック帽を取って白髪頭を深々と下げた。

「鈴江ちゃん、私もうお腹一杯よ！　メロン、パイナップル、マンゴー、西瓜は今年の初物だし、それに絶品のケーキとアイスクリーム、これ以上食べられない～！」

鈴音も同感と大笑いしたが、シェフに勧められたとはいえよくもこんなに食べたものだとつくづく感心した位だ。

「本当本当、久し振りに大満足です。お陰で色々と貴重なお話も聞けたし。今度はぜひクレオパトラ社長と一緒にこのハウスへ伺いたいわ」

常に手を休めず鉄板を外したり片付けに掛かっているシェフにお礼を言ってから、名残惜し気にさよならをした。しかしハウスを出て時計を見るともう十時を二十分も超過していたのである。


そして美味しく幸せな時を過ごした後、翌日の早朝になって大問題が勃発した。

鈴音は突然父親強一の喧《やかま》しい声に叩き起こされたのだ。

「オイオイ、鈴江、えらいこっちゃぞ。金館ホールディングスの女社長はお前の同級生だと言ってたよな？

　本人じゃなくてよかったが妹の専務が一昨日亡くなったぞ。暴力団か何かに射殺されて即死だそうだ」

「エエッ？　嘘よ。そんな話聞いてない、本当に妹さん亡くなったの？」

　昨夜能世に聞いた話では事故だと言っていた。なのにそれが射殺されたと分かり目ん玉が飛び出る位驚いた。

　何と朝刊の全国版ニュースに大きく取り上げられていたのだ。

『全国展開で有名な㈱金館ホールディングス本社専務、金館久摩子氏が一昨日午後未明、拳銃で撃たれ、その場で即死』

『その日四時過ぎ、久摩子氏は名古屋市栄町の路上で暴力団員と見られる男達一団に胸部を拳銃で何発も撃たれ出血多量で、即死。警察はその後逃走している犯人達を追跡中である、殺害動機など警察が捜査中だが、行動を共にしていた社長で姉の久理子氏と、お笑い芸人ポンタさん（本名保利宗太《ほりそうた》）は運良く怪我もなく無事だった。

　その場の状況から久摩子氏だけが集中的に狙われた可能性あり』

「エーッ、じゃああのポンタさんも一緒だったんだ！」

「妹が何で殺されたんかな？　どう考えても社長の方が何かと注目されていて標的にされそうなもんだが？

　とにかくいくら金持ちの有名社長でもこれでは常時気も安まらんじゃろう。

それに比べればウチの三流歌手は未だ目立たず売れず！

だがそのお陰で万事平和でいいぞ。良かったなあ、母さん」

強一は人事だからと言って鈴音をからかい呑気に笑っていたが、鈴音本人にしてはそれどころではない。

昨夜の今日で久理子はまだパニック状態に陥り大変ではないかと気掛かりだった。かと言って自分の立場では何の手助けも出来ないと分かっていたし、電話で様子を聞く事さえも躊躇された。


それから数日が過ぎた頃、尾張一宮の温泉施設からの帰り道だった。光晴のワゴン車内にはマリナ以外にも三名の専属歌手が揃っていた。

「それでさ。鈴音ちゃんもボチボチファンが付いてきたから後援会を作るべきだよ」

高速に乗り少し落ち着いた後で光晴がポロリと口を開いた。

「衣装代なんかも結構費用が掛かるし、何時までもお母さんに頼れないじゃん。それに資金援助や歌謡ショーのチケットなどももう少し自分で捌いてもらわないとね。けど一人での活動は限界があるし後援会がないと結局メジャーにはなれないよ。でもさ、その前に緑ちゃんにも気を付けて欲しいんだけど」

地元で小後援会を作ってもらっている緑が名指しされギクリとした様子で姿勢を正した。

「ファンの応援は有り難いけど舞台でのプレゼントや花束行列は時間が掛かるので少し遠

癒してもらいたいんだよ。

リバイバルブームなので、舟木一夫さんレベルの大物メジャー歌手となれば文句も言えず別格だけどね」

「そりゃあそうだ。ワンマンショーなら他の出演歌手には迷惑は掛からないしなあ、それは言えるだろう。アッハッハッハッハ」

助手席で狸寝入りしていた高平誠が突然顔を上げ笑い出した。

「今日はそれ程でもないか。大体地方の温泉巡業ともなると殆どの観客はファンの集いや後援会ばかりなんすよね。

僕等みたいに十把一絡げの歌手は、それぞれの歌う持ち時間も二〜三十分ですぐに入れ替わり立ち替わりっす。そんな時後援会の応援合戦が始まり、花束攻撃じゃあ有り難くもあり迷惑もあり」などと尤もらしく話し出すので隣の光晴も、何も言えず頷いている。

「それが十人、二十人と続く場合があるんすねえ。

次の順番の歌手を待たせ持ち時間が超過したりで、当の出演歌手にも後で座長からクレームが付いたりしてね。

まあこれも売れない俺っちの勝手な僻みっすかねえ？」などと高笑いしたが、その高平には後援会などはなく仕事と趣味を兼ねているのんびり営業だ。

それでも長年続けているので隠れファン位は結構いるらしいが。

「エーッと今からの予定なんだけどね。

名古屋、伏見にあるレコード店にマリナの握手会を頼んであるんだ。お疲れのところ悪いんだけど、高平さんはちょっとお手伝い、いいかな？」

光晴は顔を上げ高平の方をチラッと見た。

「多分マリナ狂いの追っかけが殺到するので、その、用心棒、つまりガードマンを頼みたいんだけど？」

家では農作業もしているという、日に焼けてガッチリ体格の高平は「承知しました」と笑いながら答えていた。

「悪いけど緑ちゃん達はこの辺りで一度降りてくれる？

花代社長が迎えに来るから近くのパーラーで休憩していていいよ」

光晴は一旦高速を降りると横道に入り、鈴音達をその場に置き去りにしてそのまま走り去って行った。

ところが緑の方は以前もこんな事があったらしく、着物の裾を翻しながら鈴音をパーラーへ案内して行く。

トットと急ぎ足で五〜六分歩いた。

「アァ、あそこあそこ、最初は花代社長に連れてきてもらったのよ。鈴音ちゃんは初めてだと思うけどね。紅茶専門店だけどケーキの種類が多くて好きなのが選べるんだから」

屋根はレンガ色で他はガラス張りのお洒落なカフェだった。

「ホラッ、鈴音ちゃんこの席が最高よ、人目に付かないし安心して寛げるわ」

緑は店内に入ると勝手知ったる我が家の如く奥の席を取った。そこは周りにシェフレラやオーガスタ、ドラセナなどの観葉植物が目隠しに置いてあり落ち着いたテーブル席だった。

彼女は元々は山里の育ちで木々に囲まれた癒される雰囲気が好きなのだという。なので歌唱曲もそんな自然の情景を細やかに取り入れている。

ところが腰を下ろし、好みのケーキセットも注文し、ホッとした後だった、

「マリナちゃんは若いからいいわよね。レコード店を二〜三ケ所握手会で回ればＣＤ百枚位はあっという間に売り切れだもの」

などと一仕事終わり気が緩んだ所為かブツブツ零し始めた。

それとも年増のやっかみなのか？

「そうそう、ここの支払いは領収書を持って帰れば花代社長が後で返してくれるわ」

先輩なのだから緑が奢ってくれるのかと少し期待したがそれどころではなかった。

そんな期待はこの店のマロンチョコレートケーキ程甘いものではなかったのである。

音楽事務所の専属歌手といっても実際は名ばかりで個人的には貧しいのだ。

ギャラが少なければその分節約せねばならない。

さっきの高平にしても本職は歌手なのか？　農民なのか？　それとも臨時ガードマン？

売れない歌手はこれだから辛いんだわ！

緑の前ではとても口に出せないうっぷんをアップルティーと一緒にゴクゴク飲み込んだ。

しかしそれから二十分後の事だった。

「アラッ、あそこ、鈴音ちゃん入り口の止まり木を見て！」

緑が突然顔を上げ、小声で叫んだ。

「外人さんと並んでいるこちら側の人、ポンタさんじゃないの？　何時の間に来ていたのかしら？」

そう言われて鈴音は首を捻って注意して見ると成る程、カウンター席で外国人男性と話し込んでいる若い男はポンタだった。

こちらに背を向けているが鳥打ち帽からはみ出した茶髪パーマもそれらしい。

「鈴音ちゃん一言お礼を言ってきた方がいいわ。

ポンタさんに歌謡ショーの紹介をして貰ったんでしょう？」

そんな時の緑は流石に説得力があり先輩らしいのだ。

そう言えばあんな事件の後でクレオパトラからは何も連絡がない。彼女が後援会長なのだからポンタなら何か知っている筈だ。

緑に言われた事もあり、つと席を立ち上がった。

しかし同時にポンタと連れの外国人は席を離れ足早にレジに向かって行く。アレヨアレヨという間だったが、その時こちらを振り向いた外国人男性の顔だけははっきり拝む事が出来た。

三十代半ば位か、精悍でキリッとしたイケメンで背も高くガッチリしている。ポンタのタレント仲間ではなさそうだが一体何者なのか？　しかもその黒曜石にも似た鋭い眼差しがこちらに向けられた時、鈴音はその迫力に圧倒され、結局立ったままで店外へ出て行く二人をポカンと見送るばかりだった。

だがその直ぐ後、頃合いを見計らったかの様に花代社長が入れ違いで店内に顔を覗かせた。

「二人共お待たせしてゴメンゴメン、予想外の渋滞に巻き込まれちゃってね」レジ前に出てきた緑から伝票を取り上げるとサッサと代金を支払ってくれた。

「社長、御馳走様でした。今、外でポンタさんと擦れ違いませんでした？」鈴音は念の為に聞いてみた。

「エエッ？　アア出会ったわよ。何かお忍びの様子で余り話せなかったけど、でも、歌謡ショーの件は予定通りだから鈴音ちゃんに宜しくですって」

狭いカフェ内の事だ。矢張りポンタは自分に気付いていたのだ。それにしてもあの人懐っこいポンタにしては何か水臭いではないか？　と不思議だった。

「このパーラーは名鉄ホールの近くだから、甘い物が食べたくなって仕事帰りに寄ったんじゃないかしら？」パーラーなど昔風の言い方である。

「それよりポンタどころじゃないわ。居酒屋の営業がさっき急に入ったのよ。着崩れ、メイクの剝げチェック、その点この点大丈夫ね？　じゃあ二人共レッツゴーよ！」

花代社長は相変わらずタフでイケイケムードである。

その日は九時過ぎになってやっと帰宅出来たが、夕食は運良く居酒屋でサービスして貰えた。

それに帰りがけになって花代社長から明日はオフだと告げられたのでとにかくホッとした。社長は他にヤボ用があり、光晴はマリナの野外ステージに一日付きっきりだからといっていた。

やれやれ明日は久し振りの休日だ、のんびり出来ると喜んだ。

風呂上がりに居間のソファに寝っ転がりテレビのミステリードラマをツラツラと見ていた。

ところが十一時過ぎになって突然目の前の携帯がジジリリと鳴った。

「アア、鈴音ちゃん？　遅くにゴメン、起きていてくれて助かったよ。確か明日はオフだったよね？」

誰かと思えばマネージャーの光晴だ。

「悪いけど明日午後一で名古屋の野外ステージに出演してくんない？

雨天なら来週に延期なんだけど明日は何とか天気が持ちそうだから」

「エッ？　まあ午後なら大丈夫ですけど、でもそれって確かマリナちゃんのオンステージじゃあ？」

大欠伸しながらも何かの間違いではないかと聞き返した。

「それがさあ、本来はそうなんだけど、今日握手会の後になってマリナが急に事務所を辞めると言い出して実は今パニクってる状態なんだ」

「ハアッ？　それって本当ですか？

事務所を急に辞めるなんて、あのマリナちゃんの事だから一瞬の気の迷いでは？」

「タレント同士の恋愛は御法度だと念押ししておいたのにさ。何時の間にか名古屋の大手興業プロダクションの新人タレントとくっ付いてたんだよ。

ヤンキーバンドのヴォーカリストなんだがね。

マリナが少々売れてきたのをいい事に、結局そいつのプロダクションに引き抜かれたんだ。

結婚させてやるとかデュエット曲をリリースして全国配信するだのと上手く手玉に取られ、本人もその気になってしまったんだと」

光晴は随分マリナに肩入れしていたので可成りの落ち込み様だった。

「何れマリナも泣きを見ると思い、社長と二人で一生懸命説得したけどもう聞く耳を持たない。

契約期間も未だ一年は残っているし、違約金の話も先方と交渉したいんだけどね、肝心の社長がこれ以上大事にしたくない。穏便に。などと言うのでどうしようもなくてね」

鈴音の移籍時には違約金の話などはなくスンナリと決まった。だがこの場合光晴はそうも行かず怒り心頭だ。今は事務所近くのスナックでうっぷん晴らしをしているという。

「鈴音ちゃんよかったら今から出てこない？」

酔っ払った勢いか突然誘われた。

しかし久理子ではないが、誰かに見られてメディアに変な噂を立てられたら元も子もありゃしない。光晴には悪いがやんわり断った。

それにしても花代社長は常々、歌手は定年制ではないので一生続けられてお得だなどと変てこな励まし方をしてくれてる。

確かに一理あるが厚生年金の対象にはならないし、この調子では恋愛はおろか当分結婚どころではないとがっかりしてしまう。

それを思うとミーハー族のマリナが羨ましくなった。


「何だよ？　今になってマリナが来ない？　そりゃあないぜ、芸能サギだ！」

「サイン貰ってきてってみんなに頼まれたのに来ないの？　一体どうしてくれるのよ！」

名古屋のテレビ塔下、野外ステージには昼前からファンの若者達がドッと押し寄せて来ていた。

マリナ欠場を聞くと大ブーイングになり、空き缶や弁当の残りまで舞台に投げ上げ散乱する始末だ。

しかし今さらチケット代金を返す訳にもいかず鈴音が代わりを務めるのだが、光晴もマイク片手に大わらわだった。

「鈴音ちゃん、今日は演歌はペケだからね。

涙そうそう、とかレットイットゴーは歌えたよね？　恋するフォーチュンクッキーはどう？」

ＡＫＢ48は無理だと言っているのでやめて、衣装位はとピンクのミニスカートを穿かせられた。

長めの髪はフンワリカールして貰ったが、いわんやキャバ嬢と見違えられそうな雰囲気である。

「私若さピチピチギャル、浜路鈴音で～す！　マリナちゃんに負けずに歌い捲るわー、皆さん応援して下さい。宜しく～」

床がギシギシ軋む板張りの臨時ステージだったが、それにも負けず鈴音は笑顔の大サービスで頑張った。

それでも会場の反応は今一で、場繋ぎの為にと光晴が急遽呼び寄せたアマチュアダンスチームのヒップホップの方が余程若者達を湧かせていた。マリナとの世代違いからしても自分では無理だったかも。

鈴音は複雑な想いで、やはりマリナの代役は断るべきだったかと今さらながら後悔した。

「鈴音ちゃんどうもお疲れ！　流石はウチの看板歌手だよ。突発にしては大成功だ。有り難う有り難う」

けれど光晴は喜んで、終了後、まずまずの評価をしてくれた。

それからステージの後片付けが終わり鈴音はワゴン車の助手席に乗り込んだ。

通常なら後部座席なのだが、野外ステージ用の機材で一杯だったし、一番奥には今日出演予定なのに来なかったマリナのＣＤやポスター、ファンクラブの会報などがそのままギッシリ詰まっていたからだ。

しかし精神的にもドッと疲れたその帰り道の事だった。

「今晩は、今いいかしら、話せる？　久理子ですけど」

忘れた頃になって又あのクレオパトラ社長からの着信だった。少し驚きはしたが嬉しくて気分転換になった。

「マアッ、いいですよ。その後大丈夫でした？　連絡がないので心配していたんです」

「エエ、知ってらっしゃると思うけどこちらもあんな事件が起きて大変だったのよ。約束したステーキハウスも失礼してしまって、御免なさいね」

「イイエ、それ程でも、でも無事だと分かって安心しました。

そう言えば今思い出したけど先日名古屋のカフェでポンタさんを見掛けたわ。背の高い外人さんと一緒だったけど？」

「ウン、そうらしいわね。実はそのポンタに聞いて慌てて電話したのよ。心配掛けたのに遅くなって御免なさい」

「ううん、それより妹さんはお気の毒だったわね」

「アァ、その事ね。あの日はポンタの後援会会合の遅い昼食後、料亭から出て二〜三十歩先の駐車場に向かう途中だったわ。

　副社長は来ていなかったけど、その日私のお供をして来ていた妹があの時何か突然叫び声を上げながら私の前を走り出したのよ。

　その後直ぐにヤクザ風の男達数名が物陰から飛び出し私達には見向きもせず専務だけを集中的に襲って射殺したのよ。だけれど、それもアッという間の出来事で私はただボーッと見ているだけでどうにもならなかったわ」

「エーッ、そんな大変な事になってたなんて全然知らなくて」鈴音は絶句した。

「そう、妹は可哀そうだったわ。でもその後の警察の聴取では彼女は私に間違われ殺害されたかも知れないと言われ、改めて恐ろしくて身が縮んだのよ。

　ホラッ、以前私が暴力団風の男達に尾行された事があると言ってたでしょう？」

「エェ、でもどうして間違われたなんて？」

「あの日は朝から少し風邪気味で時々咳をしていたの。料亭から外に出る直前になってポンタが気を利かせて自分の黒いコートをスッポリ着せ掛けてくれたわ。その後直ぐにあんな事件が起きてしまって。

　アラッ、言っておくけどポンタの事は誤解しないでね、昔から近所に住む幼馴染で本当の弟みたいに思ってるわ。彼は母一人、子一人の母子家庭だったの。

それで父も私同様よく可愛がっていて、お笑い芸人になると聞いて随分応援してくれていたのよ。

私も一人っ子だったしポンタも同じで、しかも生活が苦しくて色々苦労したと思うわ。だから父が応援して立ち上げた後援会をそのまま私が引き継いだのよ。ポンタもそれには感謝してくれてるわ。

でもあの事件後彼はとても心配してくれて、警察ばかりを当てに出来ない。厳重警戒した方がいいと言ってくれたのよ。だから実はそれ以後私は今でもずっとホテルで一人暮らししているの。

でも祝賀パーティーは私の二代目社長のお披露目として必ず実行するつもりよ。だから歌謡ショーも安心して。招待状は後で送るからその節はどうぞ宜しくね。じゃあ又」

そんな調子で結構長電話になったが鈴音は殆ど聞き役だった。

しかし気になったのは事件の日、久理子は最初真新しい白のスーツを着用、専務の方は明るいグレーのツーピースだったそうだ。

けれどポンタが社長に黒いコートを着せ掛け、外に出た後で騒動が起こったという。

久理子と妹は年齢も二歳違い、髪型も体型も、長身でよく似ていたらしい。

警察はその場の状況から見て、射殺犯はもしかしたら黒幕である誰かに二人の内、どちらか？　例えば白い服の方を殺せと命じたのではないか？　その可能性はあると言ったそうだ。

確かに黒は目立たないが、グレーの服は夕方なら遠目に白く見えるのではないか？　だとしたら余りに杜撰な殺人事件であるが？　そう言えばあの時ステーキハウスのシェフが副社長の行動を杜撰だと言っていた様な？

とにかく既に死亡しているのではっきり分からないが、専務は発砲される前に急に前方に走り出し何か叫んだという。「私じゃない！」とか「止めて間違いよー」などと？　もしや彼女は射殺犯や黒幕の正体も知っていたのではないか？　と鈴音は勝手に推理した。

それにしてもそれ以後射殺犯達は逃走したままで事件も未解決なのだという。

その様な状況下では久理子の身辺は随分危険で、本当は祝賀会どころではないのかも知れない。大丈夫なのだろうか？

鈴音はワゴン車の中で隣に光晴がいる事も忘れ、額に皺を寄せながら考え込んでしまった。

「そうだ。そう言えば鈴音ちゃんも三年契約だけど今のところは大丈夫だよね？」

光晴が運転しながらふと鈴音の顔を覗き込んだ。

「まさかマリナの真似をして急に結婚、引退だなんてないよね？　もしギャラが不満なら社長に相談してみるからさあ」

電話の相手は誰か分からなかった様だが、マリナの契約違反もあり鈴音の顔色を見て何か早合点したのだろう。

そうは言われても恋愛は御法度、現在歌一筋で相手もいないのに失礼な話だとムカついてしまった。

「それは御親切様、でもそんな予定はありません御心配なく！

でもそういえばマネージャーこそ花嫁募集中だと聞きましたよ」

一～二週間前花代社長がブツブツボヤいていたのを思い出した。

「私ももう年だし、この際ここの事務員をやってくれる奇特なお嫁さんが光晴に来てくれればねえ」

花代社長は口をへの字に曲げ珍しく弱気に見えた。

だがそんな下々の話は別にして、話を聞く限り、大財閥久理子社長の境遇はエジプト女王クレオパトラによく似ているのだ。

プトレマイオス朝最後の女王には共同統治していた不仲な弟がいた。

八歳年下のプトレマイオス十三世だ。

そのプトレマイオスにも姉がいて弟と結託し、殺害されそうになったので故郷アレキサンドリアを逃げ出したという。

歴史上ではその後ローマの英雄カエサルに庇護を受け、再びエジプト女王として返り咲くのだがそれも束の間、カエサル亡き後はアントニウスを引き入れた。その後結局我が身が危なくなると毒蛇に咬ませて自殺した、多分コブラではないかといわれているが。無論それとは比べられないとはいえ一般女性とも思えない久理子の立場は何処か同じに思える。

まさかコブラに咬まれることなどないと思うが。などと変な妄想に駆られたりした。

「父の死後、私と万久人との社長の座争いやゴタゴタはこの業界にまで広く知れ渡り、週刊誌沙汰にもなって世間には何かと面白がられているの。

だからこれ以上騒がれるのは不本意で今まで弟の不始末は全て私が柔み消してきたわ。

以前エジプトの流通業者にスフィンクスの置き物を作らせ取り寄せた事があったの。

単価五万円だったけどその内の三十個はクラス会に寄附し、残りは取引先の高級輸入雑貨店に回し販売してもらったわ」

そういえばワゴン車の中でも色々聞いたが鈴音にはそのスフィンクスが裕子の言っていた置き物だとすぐに分かった。初めて値段が一個五万円もすると聞き胸がドキッとした。

「ところがね。暫くしてその雑貨店から苦情が入り、引き取って欲しいと連絡があったの。

金メッキが剥げてきて売り物にならない、と言われてよく調べさせたら、クラス会に寄附した物を全品万久人が単価五千円で作らせた同型のスフィンクスと摩り替え、本物は本来の五万円に上乗せして他の貴金属店に売り捌いていたのよ。

私がつい信用して発注を任せたのが裏目に出てしまったの。

信じられない話でしょ？」

鈴音は眉を顰め黙ってフンフンと相槌を打つばかりだった。

「副社長として勿論高給な筈だし、何も不自由はないと思うわ。でももしかしたら誰かに騙されて金蔓にでもされてるんじゃないかと思うのよ。

それにしても闇金まで使い色々な方法で利益を得ようとするのだけれど次々と失敗ばかり。父の代から今までで何億もの損害になっている筈よ。恥ずかしい話、弟は性格が杜撰でやる事為す事何処か考えが甘いのよ。かと言ってそれを笑って見てもいられなし、今では私ももうお手上げ状態なの」

クラス会に寄附した三十個のスフィンクスについては申し訳ないがそのままにしているとか。

先日ステーキハウスのシェフにも聞いてはいたが一筋縄ではいかぬ厄介な弟らしい。

無力な鈴音も久理子に同情し、我が家での雄也との姉弟関係が普通に保たれている事に感謝した位であった。

やがて、四月末になり、金館ホールディングスから若菜事務所に正式な招待状が郵送され、その後祝賀行事のプログラムがファックスで送信されてきた。

発信源は社長付第一秘書課、あの時顔を見せた能世忠次となっていた。

「このプログラムを見ると最初に社長挨拶、副社長のプレゼンテーション、その後ポンタさんが祝賀の小話披露、それから歌謡ショーで一番が鈴音ちゃん。大体本宿ホールのイベントと同じパターンだから大丈夫よね。

え〜と、これも偶然というか世間も狭いものね。鈴音ちゃんが元在籍していた東京の日の出プロダクションからも三名が招待されているわ。

その内の一人は彼の有名な大物歌手。美波間千鳥なのね。きっと破格の出演料の筈よ。流石一流企業の催しね。だけど安心して、今回は鈴音ちゃんも特別待遇だからギャラでは負けてないわよ。チャンス到来ってとこね」

花代社長が感心しながらプログラムに目を通していると光晴も横から手を伸ばし、それを取り上げた。

「どれどれ会場は何処なの？

フーン、あの三河湾沿いにある超ビッグなリゾートホテルだな。ここ四〜五年前の開設だからカラオケ設備も最新式だとは思うけどね。

それはそうと鈴音ちゃん、今回出演の美波間千鳥の前座位務めた事はあるの？　同じプロダクションだったたんでしょ？」

「エエ、でも残念ながら彼女には取り巻きが多くてお近付きになれませんでした。

でも調布雪乃ちゃんは今回はその前座を貰えたらしいです。

新しいマネージャーがやり手でしかも金館ホールディングスの、副社長と昔からのお付き合いがあったからのお声掛かりですって。

もう一人の出演者は坂の上春吉さんですね。

三十歳位と思いますが美波間さんお気に入り。

何処へでも連れ歩いて貰いそのお陰で顔も売れてきた様ですが、美波間さんと可笑しな関係だって聞いた事があります。一緒にいる時が多いので単なる噂だけで誤解されてるのかも知れませんが」

鈴音は光晴には別に隠す事もないので内輪話など正直に話した。それにしてもライバルでもあったあの調布雪乃も、今頃この同じプログラムを見てハッと目を丸くしているのじゃないかと思うと、今さらながらしてやったりの気分になりスッキリと心地良かった。


あれやこれやと忙しくバタバタしている内についに五月十五日、天候も晴れ晴れとしたお祝いムードの日曜日がやって来た。待ち兼ねた金館ホールディングスの祝賀会当日である。


長かった様だが今になってみるとアッという間の時の流れであった。

その日鈴音は早起きし念入りに顔のマッサージとメイクを済ませそして颯爽と出勤したのだが、事務所にとってもそれは異例なる式典招待だったのだ。

中に入ってみるとマネージャーはお洒落な蝶ネクタイで、花代社長もウロウロソワソワと落ち着かぬ様子だ。

「ホラホラ光晴、粗相がない様にカラオケ機材など今後のお付き合いも社長様にその点上手くお願いするのよ。くれぐれもその点忘れずにね！」蝶ネクタイを結び直してやりながら説教している。矢張りマザコンだったかと目を疑ったが、社長は相変わらずあの点、その点口癖の連発だ。

やがて午前九時少し前になると、副社長が用意してくれたという黒塗りの高級リムジンが事務所玄関前に横付けされた。

「アァ、どうも有り難う御座います。本日は宜しくお願い致します」

光晴が運転手に顔を見せ、やや固い感じで挨拶した時だった。

「お早う御座いま～す。こちらが鈴音ちゃんの若菜音楽事務所なのね～？　こぢんまりして感じがいいわ！

鈴音ちゃんったら、ホラッ私よ、雪乃、今日は御一緒に宜しくお願いしま～す」

賑やかな女性の声が車内から響いてきた。

「今日の歌謡ショー出られるんだったら初めっから早く言ってくれればいいのに、人が悪いわねえ～」

見れば雪乃はドア近くに深々と腰を下ろし口を尖らせている。

「エエッっと鈴音ちゃんこの点じゃなくこちらが調布雪乃さん？　エッと人が悪いってどの点が？」光晴はリムジンに乗るのは自分達だけと聞かされていた。

その所為で雪乃と顔を合わせた途端緊張したのか意味不明な言葉を発した。

「この点、どの点って何ですか？　しっかりしてよ。調布雪乃さんね。こちらが息子でマネージャーの光晴です。その点宜しくね」

花代社長が見兼ねたのか慌てて口を出したのだが、雪乃はそのドタバタな様子を見て噴き出した。

「な～に、二人してその点、どの点って？　可笑しな点々親子だこと！」

鈴音の方はそれも以前からの母、息子の口癖と知っていて耳障りでも気にせず許容していた。

お喋りな雪乃にしても悪気はなくその時思ったままを素直に口に出しただけだったのだ。

花代社長は雪乃に点々親子などと笑われ自分の口癖にやっと気付いたのか、顔を赤くして恥ずかし気にリムジンに手を振っていたが、きっとその辺りに穴があったら入りたかっただろう。

だがその騒ぎのお陰で皆の緊張感が吹き飛び、車は目的地に向かってゆっくり優雅に走行を始めた。

ところが鈴音はその時車内を見て気付いたのだが、車内には雪乃一人で付き人はともかくマネージャーの姿さえ見当たらないのだ。

雪乃のキャリーケースや衣装バッグが通路に無造作に散乱しているばかりだ。

「雪乃ちゃん。副社長さんのお友達というマネージャーは乗っていないけどどうしたの？　まさか東京から一人で来たんじゃ？」

すると雪乃は鈴音の為に少し体をずらしたかと思うと気まずそうに眉を顰めた。

「実はその事なのよ。美波間さんと坂の上さんは付き人さんと先に行き、昨夜から会場の三河エレガンスリゾートホテルに宿泊しているの。

それが何故か私とマネージャーだけは別で、副社長が予約してくれた岡崎市内の小さなビジネスホテルに一泊したのよ。

私の隣だったマネージャーの部屋に副社長が来て泊まり込み、夜遅くまで何かヒソヒソ話していたみたい。部屋の明かりが遅くまでずっと点きっ放しだったからね」

「ヘエーッ、でもそれは副社長と雪乃ちゃんのマネージャーが古くからの友人なので、久し振りに会って積もる話でもあったんじゃない？」

「それにしても今朝になってルームサービスのモーニングを済ませた後、急に私だけが一人で先に会場へ行く様に言われたわ。

こんな事なら私も最初からエレガンスリゾートホテルに泊まればよかったわ」

腹に据え兼ねていたらしくマネージャーもその場にいないし言いたい放題である。

「可笑しいと思ったら出掛ける直前になってマネージャーの部屋に来客があったみたいで、それで急遽このリムジンを私の為に回してくれたのよ」

「フーン、そうだったの？　それで雪乃ちゃんが先に乗っていたのね？」

鈴音は首を捻った。マネージャーが本来の仕事を放っぽり出すなんてそれ以上に重大な用件があるというのか？　副社長とそんなに熱心に一体何を話していたのだろう？　それに来客が誰なのか？　と気になった。

「だけど今日の祝賀会では副社長のプレゼンテーションは二番目になっているのよね？　それには間に合うのかしら？」

「ママアマア鈴音ちゃんそれ以上心配すると顔の大皺、小皺が定着してメイクでごまかせなくなるよ。未だ二時間もあるし向こうは主催者側なんだからそりゃあ大丈夫でしょう」

光晴に宥《なだ》められて確かに余計なお世話かも知れない。と思い直した。

その後は気分を変え、雪乃と仲良く並び東京での思い出話に花を咲かせた。

お互いメジャー歌手には程遠かったが歌うのが好きで楽しい事も色々あった。オレオレサギみたく大金を騙し取られた訳でもないし、尤も鈴音の実家には大金などなかったが、それでもクスクスと笑い合った。

鈴音はその間チラチラと外の景色を見回していたが、どうも先日のステーキハウスと同じ道筋だと思った。

聞けば確かクレオパトラの実家もこの辺りだという。

人目に付き難い、林に囲まれた立派なお屋敷だと聞いていたが、尤も本人は今ホテル暮らしなのでその家には住んでいないのだけれど。

リムジンは結構な速度で走行し、それから一時間程で海沿いのゴージャスなホテルに到着した。

「アラッ、やっと着いたのね？　鈴音ちゃん見てよ流石に立派な凄いホテルだわ」

雪乃が先に立ち上がり驚きの声を上げた。

「プールの横には広い野外ステージがあって、夏場はバーベキューとビヤガーデンでハワイアンショーですって。

マネージャーが教えてくれたのよ。それにこのホテルも金館ホールディングスの所有物件なんですって」

　鈴音も今日初めて来たのだが、東京都在住の雪乃の方がよく知っているとは妙な話ではないか。

　二人して車を離れた後、辺りをキョロキョロ見渡してみたがそこに雪乃のマネージャーらしき姿はなかった。

「荷物は雪乃ちゃんの分も僕がホテルへ運び入れるから先に十階の大広間へ行っていてくれる？

　その直ぐ隣が控え室になってるそうだから」

　光晴がそう言い、運転手がホテルのボーイを呼んでくれたので荷物運びはその二人にお任せした。

　フロントで鍵をもらい一階正面からエレベーターに乗ったが、同時に黒い礼服姿の紳士達が三〜四人バタバタと駆け込んできた。

　今日の祝賀会に招かれた客か会社役員らしかったが、メイクの濃い鈴音達二人の顔を物珍し気にチラチラ眺めている。

　見覚えはないし、服装にしても雪乃の方は特に垢抜けて派手だったので社員でもないと気付いたのだろう。

　顔が売れている美波間千鳥なら直ぐ分かったに違いないが。

　そんな状態で十階まで上がり、ドアが開くと全員ドヤドヤと一塊になって降りた。

するとすぐ目の前は広々とした大イベントホールで、真正面にはドッシリと立派な舞台が控えていた。

それを横手に擦り抜け廊下側に出るとズラリと白い個室ドアが並んでいて、目の高さに一人一人の氏名が記されていた。

「アラッ、嬉しいわ。私達位のレベルだと大部屋で女性ばかり七～八名なんてしょっちゅうなのにこれだとプライバシーが守れて有り難いわ。

アッ見てよ。鈴音ちゃんがこちらの一〇五号室で私が隣の一〇六号よ」

ドアの前で笑いながら話していると光晴とボーイがカートで荷物を全部運んできてくれた。イベント担当らしい美容師の女性も一緒だった。

「いらっしゃいませ、本日はどうぞ宜しくお願い致します。ショーに出演される浜路鈴音様と調布雪乃様、今からお着物の着付けと髪のセットに掛からせて頂きます。下準備を先にお願いしたいのですが宜しいですか？

美波間様と坂の上様は先程もうお仕度も整い一階のロビーにて休憩していらっしゃいますよ」

「アッ、そうですか？　分かりました。では私達も今から宜しくお願い致します。それじゃあ雪乃ちゃん、又後でね」

通常のキャンペーン廻り位なら自分で簡単に髪を結い上げ着付けもそれらしくは出来るのだが、この様な立派な晴れ舞台となるとそうもいかない。

控え室の中で髪飾りや振り袖、長襦袢、帯一式などを床に広げ用意していると二十分程して先程の美容係が来て素早く上手に仕上げてくれた。

それから外に出ると、先に仕上がっていた雪乃が光晴とドアの所で何やら不満そうにペチャクチャ話している。

普段からお喋りな雪乃ではあるが和服姿はよく似合っている。黒を基調にした着物は帯も赤や金色で彩られ豪華な装いである。

しかもグラマラスな体型なので流石に色っぽい。

雪乃はその時出てきた鈴音に気付かぬ様子だったが、話を聞いてみるとどうもその黒の衣装について大御所美波間千鳥からクレームが入ったというのだ。

美波間は途中で一度衣装替えをするのだが、最初は雪乃とよく似た黒の留め袖なので前座と帯まで同色では困る。帯は金・銀以外の地味な物にして欲しいと言ったらしい。

確かに帯は金色で赤の花模様入りだったが華やかで感じの良い装いになっている。

光晴は盛んにそんな雪乃の出で立ちを褒めそやしてはいたのだが、それならこの際別の帯に変えてみたらと促していたらしい。

それにしても鈴音の赤の振り袖だって衣装の派手さでは負けていない。しかしややほっそりしているのでお色気では残念ながらこの友人でもあるライバルには勝てそうになかった。だがそんなお取り込み中の時であった。

「アッ、これはどうも。お迎えにも上がらず大変失礼をば致しました。以前ステーキハウスでお目に掛かりましたが、若菜事務所の浜路鈴音様ですね？」

後ろから突然声を掛けられ振り向くとそこに能世が柔み手をしながら笑顔で立っていた。

鈴音の振り袖姿に目を細めウットリ見惚れている様子だ。

ステーキハウスで顔を合わせた時とは余りの違いに驚いたらしいが親しみは同じ様に感じたのだろう。

光晴の方もそれを見てチャンスとばかり能世に話し掛けた。

「本日はお招き有り難う御座います。秘書の方ですね？　マネージャーの若菜光晴と申します。この度は新社長様御就任、その点、嫌、そのところ誠にお目出とう御座います」

途中一度言い直しはしたが礼儀正しく挨拶して最敬礼した。

その場の鈴音達二人も深々と頭を下げたが、雪乃は何故かその後浮かぬ顔をしてモジモジしている。

「日の出プロダクションの調布雪乃と申します。私の専属マネージャーが未だこちらに到着していなくて御挨拶も出来ず申し訳ありません」

能世は一瞬顔色を変えたが直ぐにまあまあという態度で受け流した。

「その事なら御心配なく、副社長と御一緒と伺いましたがその内お見えになるでしょうから。

それより私共の方から一つお願いが御座いましてね。他の皆様方には先程係から連絡済みですが、本日のプログラムを少々変更させて頂きましたんですよ。

何々、最初の社長挨拶の前にファンタジックイリュージョンをお見せする事になりまして。

祝賀記念の特別ショーで、社長のたっての御希望でしてね。それ以外は全てプログラム通りですので御心配なく」

目の前で微笑みながら話す能世に光晴はウンウンと頷きしきりと感心している。

「近頃話題のファンタジックイリュージョンですか？

余程大金を払わないと普通ではめったには見られませんよね？　素晴らしい！」

「ハアッ、それも社長が出張先のイタリアから特別に呼び寄せた世界一のマジシャンだそうですよ。

ですがお歌の開始時間は少し遅れるかも知れませんが、私も含め社員一同それは楽しみに待ち兼ねております。

社長は今準備中でお忙しく、こちらにはお見えになれませんがくれぐれも皆様に宜しく伝えて欲しいと申しておりました」

「それは有り難う御座います。社長様も色々と新しい企画を取り入れたりされて流石ですね。私共もポンタさんの紹介でこの様な一流ホテルに招待して頂き誠に有り難き次第です。

音楽事務所の他にカラオケ設備等も販売管理を承っておりますのでそちらの点、嫌、そちらでのお付き合いも宜しくどうぞ」

光晴も上手く売り込んでいるな、と鈴音は下を向いて苦笑したが雪乃もその糞真面目な仕事振りを未だに顔を見せない自分のマネージャーと比べ酷く感動したらしい。真面目な顔でコックリと頷いた。

十一時近くになると大ホールは二百名程の幹部社員で一杯になり一同黒スーツで揃え、一斉に着席した。

鈴音達歌手陣は端っこのテーブル席に控えていたが、そこから全体を見晴らすと接待係の若い女性を除き社員の六、七〇パーセントは初老の男性が多く先代の頃からの重役か役付きかに見えた。

ところがそんな時である。「鈴音ちゃん、ちょっとちょっと、あそこ見てよ、あのカーテンの陰とか廊下側に武装したガードマンが大勢隠れているわよ。何だか恐いわね」

雪乃がこっそり指差したが通常の祝賀パーティーにしては可成り厳重な警備態勢だった。専務の久摩子が殺害されその経緯から久理子社長の身を案じての事だろうか？　そう思いいささかウンザリはしたが、そういえばショーの最初に出演予定であるポンタの姿を捜したがそこらに見えない。

首を伸ばしキョロキョロ見渡していると舞台の高所辺りから急にアナウンスが入った。

「長らくお待たせ致しました。金館ホールディングス譜代社員の皆皆様ようこそ。

本日はお忙しい中万障繰り合わせての御出席御礼申し上げます。

只今から式典並びに会食パーティーへと順を追い進行させて頂きます。それでは先ずお手元のプログラムを御覧下さい」

流暢な女性アナウンサーの声だったが、その話の途中で、又もや雪乃が急に鈴音の着物の袖を引っ張った。

「鈴音ちゃんったら、どうしよう？

今、美波間さんと坂の上さんに聞いたら、本番の歌唱用カセットテープをもうとっくに音響さんに届けてあるそうよ」

雪乃のコソコソ声が聞こえたらしく斜め向かい側の美波間千鳥が横目でジロリと睨んだ。

年齢は五十歳位、黒地に金色の刺繍入りの留袖、金銀模様の帯を流石に上手に着こなし落ち着き払っている。

偶然にも似通った装いの雪乃と向かい合っているが、それも気に入らなかったかも知れない。

『そんな事当然、プロ意識があるのか？』などと言わんばかりだ。

そしてその横で青っちょろいホスト風の坂の上がヘラヘラ笑っている。しかし、そんなしらけムードを察してか光晴が慌てて立ち上がった。

「こいうっかりしてマネージャーの僕が忘れてました。ゴメンゴメン鈴音ちゃん、雪乃ちゃんもカセットを巻き戻ししてそこに持ってるんでしょ？　こっちに渡して。僕が持って行くから」

歌唱開始には充分時間はあるのでそれ程目くじら立てる事でもないのだが、光晴は二人分のカセットテープを受け取るとそそくさと席を外した。

それからすぐ窓際の黒い自動カーテンが奥から順番にスルスルと引かれていく。同時に会場内の照明も消され、一瞬で目の前が真っ暗闇になってしまった。

いよいよファンタジックイリュージョンの始まりである。

舞台正面に丸いスポットライトが当てられ、同時に、ぶ厚く黒い垂れ幕が静かに捲れ上がった。

そして突然、耳慣れぬ英語が響く。「ウエルカム、レディスアンドジェントルマン！私イタリアカラ来マシタ、マジシャン、コラスローレママム、ドウゾ宜シク！」

舞台中央にはタキシードに黒マント、黒のシルクハット、全身黒ずくめ、ノッポのマジシャンが立っていた。

「皆様世界一のマジシャン、コラスローレママムさんに盛大な拍手をお願いします」

アナウンスが流れるとそれに合わせ会場のアチコチからドッと拍手が湧き起こった。そんな時になってやっと光晴が用事を済ませ戻ってきた。

薄暗い中で自分もパチパチと拍手をしながら背を屈め席に着いた。

舞台に目をやるとマジシャンは黒い口髭や巻き髪が顔一面を覆っていたが、突き刺す様な鋭い目ばかりがギョロリと光っている。まてよ？　そんな目に何処かで出会った様な？

鈴音は拍手を送りながらふと首を傾げたが？

「金館ホールディングスクレオパトラ二代目社長、コングラチュレーション！」

えっ？　今マジシャンまでがクレオパトラと呼んだが何故？　久理子の間違いでは？　それとも演出？

そしてマジックはもう次々と始まっていた。

マジシャンが黒マントを両手で大きく広げ、中から何かがパタパタと音を立てて飛び出した。

見ると真っ白い鳩と真っ赤な小鳥が十羽ずつ、クルクルと群れながら舞台を飛び回り始めた。

その内の何羽かがアッという間に下の会場に飛び込んできた。

「キャーッ、危ない！　こっちに来るじゃん、でも奇麗！」

「オウ、これはいいぞ、紅白でお目出たいわ！」

舞台下の社員達は皆歓声を上げて喜び、面白がっている。

次にコラスは何処からか黒く細いステッキを取り出した。そしてその先でトントンと舞台の床を打ち始めた。何度も何度もトントンと。

すると七～八秒で下からニョキニョキ緑色の蔓が伸びてきた。そのまま打ち続けると舞台一杯に枝葉が広がり、その後一つ二つとチラホラ花が咲き始めた。何とその花は紅白の しかも大輪のバラだと分かったが、咲き広がる瞬間をスローモーション形式でゆっくり見せているのだ。

「素敵！　流石お目出たい祝いのイリュージョンね！　素晴らしいわ、まるで本物のバラの花に見えてくるわ」

鈴音は小さく叫びながら多分ＣＧだろうと思ったが、その間にもコラスはバックの白いカーテンに向かい何やらステッキを振り回し始めた。

するとそのカーテンの色が次第に澄み切ったコバルトブルーに変わり、もう一振りするとそこに七色の虹が架かった。

次にコラスは一旦舞台正面に戻り、クルリと上手側に全身を向けた。そして指でカモンカモンの仕草をした。

上手側から何かが来るのか？　皆そちらに注目した。

すると長さ三メートル位はある円筒形の白い物体が、フワフワと雲の様に浮き上がったまま舞台にせり出してきたのだ。

「ハアッ？　あれは何だ。雲塊の様にも見えるが？」

会場の社員達が首を傾げている間にその物体は宙吊りのまま舞台中央まで少しずつ近付いてきた。

それは床上四メートル、後少しで天井に届きそうな高さだった。

次にコラスはやおら懐から黒光りする何かを取り出した。

高く掲げて会場に見せ付けた時にはそれが小型の拳銃だと分かった。しかしマジックショーなどでは珍しくもない事で、皆当然偽物のおもちゃの銃だろうと推測した。

コラスはその後銃口を上に向け、空中に浮かんでいる白い塊に向け、ズドン、と一発撃ち込んだ。

その時雲の様に見えていた白い物が一斉に円筒から剝がれた。

青空を背景に飛び交っているのは何と数百羽と思われる白い紋白蝶だったのだ。

しかも皆が驚いたのは、ブラリと空中に浮かんでいるのは金色のジュータンだと確認した時だった。

「オイッ、見ろよ！　如何にも高そうな金色のフワフワジュータンじゃないか？」

「そう言えばエジプトのクレオパトラ女王はあんなジュータンに入ってシーザーの前に登場したんじゃなかったか？」

「そうか成る程我が社社長もサプライズ好きであの中に？」

訝し気にブツブツ呟き始めた。

『成る程、それでコラスは久理子と言わずクレオパトラ社長などと紹介したのだ』

鈴音もその時になってやっと納得出来た。

やがて二発目の銃声が天井に向かって響くと、今まで舞台を飾っていた何千羽の蝶や小鳥達、美事なバラの花々もアッという瞬間に消え失せた。

そしてバックの青空には金色のジュータンだけがポッカリ浮かんでいる。

『オオ、いよいよ二代目社長のお出ましだ。あのプライド高い女社長の事だ。さぞやクレオパトラの様に美しい晴れ姿に違いないぞ』

会場は何時の間にかシーンと静まり返り、皆息を飲んでいる。

やがてついに三発目の銃声が轟き、天井のジュータンはゆっくりゆっくり舞台上に降りた。

世界一のマジシャン、コラスは重々しくジュータンの横に立ち深々と頭を下げてから「パンパンパン」と三度大きく手を打った。

「クレオパトラ社長サア、ドウゾ、コングラチュレーション！」

そう叫んでから、四～五秒待った。

ところが目の前のジュータンはピクリとも動かず、期待に背いて全くそれ以上の変化はなかったのである。

会場からの熱い視線を一身に浴びているマジシャン、コラスは「パンパンパン」ともう一度手を打ちせっかちに同じ動作をした。

しかしジュータンは転がりもせず肝心のクレオパトラは中から現れない。

流石にコラスは少し動揺した様子でジュータンに屈み込んだが、何故かその瞬間驚いた様子で顔色を変えた。

それに気付いた社員達がすぐにガヤガヤと騒ぎ出した。

「オイッ、ジュータンの下に見える赤い物は何だ。血の様に見えるが？」

「本当だ！　血だ。血が流れているぞ！」

「エーッ、大変だ。中にいる社長はどうしたんだ？　オイ、まさか？」

ところがそんな騒ぎの中、突然舞台のライトは消えホール中真っ暗闇になってしまったのだ。そして舞台から遠い位置にいた鈴音も暗闇の中で恐くなって体中がガタガタ震えた。

『まさか久理子は祝賀会なのにあのマジシャンの銃で撃たれ殺されたのか？　信じられないが。だとするとあの銃は本物だったのか？』

副社長は未だに現れない。もしかしたらコラスは副社長の悪い仲間で、共謀して社長の座を狙い久理子の命を奪おうと計画したのでは？

怯えながら舞台に目を向けた時にはもうホールは明るくなっていたがコラスはとっくに姿を消し、恐ろしい殺人現場をシャットアウトするかの様に舞台の幕は下りてしまっていた。


それから騒ぎの内に二～三十分が経過した。

「やっぱり社長様の生死も心配だしこの後どうするのか能世さんに相談してくるよ」

光晴は酒も飲んでいないのに席からフラフラと立ち上がった。余程ショックだったのだろう。

「こんな田舎にまで引っ張り出され、まさかこのままショーもやらず手ブラで帰れ、はないでしょうねっ、ギャラの件もあるし貴方秘書に会ってきちんと交渉してきて頂戴！」

美波間は光晴を捕まえ指図している。

それも感じは悪かったが、元はと言えば副社長が雪乃のマネージャーに頼み美波間に出演依頼を承知して貰ったのに、この場にその二人が来ていないのだからどうしようもなかったのであろう。しかしそれには全く無関係な光晴には気の毒であった。

ところがそんな時になってである。突然、「ハーイ皆さん。今日は！　近頃お変わりありませんか？　ポンタで～す！」

忘れもしない元気印の声がスピーカーから流れて来たのだ。

「お待たせしてメンゴメンゴ、僕の出番お待ち兼ねでしょうけど未だマジックの続きが残ってるんで～。

御心配なく。社長は元気でピンピンしてま～す」

鈴音は驚いたが会場でアタフタと心配していた社員達もその弾んだ声に救われた。

「な～に、ポンタさんは姿が見えないと思ったら舞台裏で縁の下の力持ちをしていたのね」

鈴音もその声を聞きホッとしたがそれから間もなくだった。

再び舞台にスポットライトが当たり幕が上がった。

今度は先程と違い、白い頭巾にターバンを巻いたアラビアのロレンス風スタイルのマジシャンが舞台中央に立ちはだかっていた。口髭や顎髭も同じでその異様な目付きから皆直ぐに最初のコラスだと気付いた。

「服装は違うが先刻と同じマジシャンだぞ。今度は一体何を？」

皆思い思いにじっと目を凝らしたが、コラスは今度は小道具は何も持っていず手ブラだった。

だが同じパターンで中央に立ち上手側にクルリと体を回転させた。

そして両手を差し延べ大きくおいでおいでを始めたのだ。

「エエッ？　何だ何だまさか又あの血染めのジュータンか？」

一同皆ヒヤリとしたがその後のサプライズはこれまで以上に素晴らしかった。

「ウエルカム、クレオパトラ社長、コングラチュレーション」

コラスは舞台に跪いて叫んだ。

そしてそこに突如出現したのは何と光り輝く豪華なエジプトの船体だった。

しかも船首にとぐろを巻いているのは黄金のコブラだったが、再びビッグイベントはそこから始まったのである。

そして驚きの声が交差、錯乱する中、船体の高い甲板から二人の人影がゆっくり下へ降りてきた。

その内の一人は女性で二代目社長久理子だと判別できた。

しかしもう一人の男性は誰？　副社長なのか？

ざわめきの中クレオパトラの衣装を身に付け扮装した社長は一人で中央に進み出ると、会場に向かって大きく手を振った。

私はここに元気でいます。と皆に知らせるかの様に。だがその前に社員一同が目を疑ったのはその衣装の似合う立ち姿が、紛れもなくエジプト女王クレオパトラそっくりそのものに見えたからだ。

思えば昔エリザベス・テーラーが演じて話題になったが、同じ様に金、銀を縫い込んだ白い絹のドレスに豪華な宝石を散りばめたティアラを頭上に頂いていた。

そして濃いブルーのアイシャドーが元々切れ長の大きな目をくっきりと妖しく見せ、会場の皆を魅了しゾクリとさせた。

「皆サン、モウ一ツサラブレイトナサプライズアリマスデスヨ」

そしてコラスがタドタドしい日本語で話し始めた。

「今日、クレオパトラ社長とマイサン、ヘイルローレマムハ婚約シマシタノデス」

「エッ、何？　婚約って？」

皆呆気に取られ首を傾げたが、その時になってもう一人、船体の横に佇んでいた男性がゆっくり前に進み出て久理子と並んだ。

こちらもクレオパトラとお揃いで古代ギリシャ風スタイル、カエサルかアントニウスの化身の如くガタイもよい勇者の姿だった。

コラスの息子だというが、若さと共に強烈な視線をこちらにジロリと向けた時、鈴音ははっきり思い出した。名古屋のカフェでポンタと一緒にいたのは父親のコラスでなくこの男、ヘイルだったのだ。

しかしそれならばあの当時久理子とヘイルは既に顔見知りの恋人同士だったのではないか？　それも自分にはまだ秘密で上手くはぐらかされたのか？

「ヘイルハイタリアノビッグサポートカンパニイ、セキュリティシステムノオーナーデス。

久理子社長ノガード頼マレタ時意気投合シ、ソレカラ結婚ノ約束ヲシマシタ。社員ノ皆サン、御心配無用デス。ヘイルハ今後命ヲ賭ケテ久理子社長守リマス」

コラスは一言一言ゆっくり噛み締める様に会場に話を伝えた。

しかし聞かされた一同はそれでも信じられぬという様子で口をアングリ開けたまま。

だが誰一人としてコラスの言葉に異論を唱え反対する勇気ある社員は一人もいなかったのである。

それも、一番驚き面食らったのは誰あろう、鈴音であった。

仲良く寄り添い眩いオーラの中に輝いている二人を羨望の眼差しで見詰めるばかりであった。

先日ステーキハウスのシェフは久理子社長はイタリア出張時観光は一人だと言っていたが何の事はない。このサポートカンパニイのヘイルにガードされ、そこでロマンスが芽生えたのじゃないか、久理子にしてもそのヘイルの事は今まで知らん顔で全く白々しいったらありゃしない。

「金館ホールディングス代表社員の皆様、この度二代目社長を就任させて頂きました金館久理子で御座います。並びに本日は私とヘイルとの婚約披露及び祝賀会に御出席頂き誠に有り難く感謝の一言で御座います」

言葉使いこそ普通に丁寧だったがクレオパトラ張りの真っ青な眼でギョロリと会場を睨み見渡し、それには皆圧倒された。

『婚約披露祝賀会ですって？　プログラムにもない今回のビッグスケールイリュージョンといい、あの想い出深い、高三を共にした大胆で変わり者のクレオパトラはあれから益々成長し今もそれ以上に健在なのだ！』

　改めてその大いなる人柄に敬服し、鈴音は会場の皆と共に盛大なる拍手を送った。しかしそれでも何か一つ腑に落ちない、と首を傾げた。

　こんな重要な場面にいくら腹違いとはいってもあの唯一の身内でもある副社長がなぜここで共に祝わないのか？　雪乃のマネージャーにしても今になっても現れないというのは流石に可笑しいではないか？

　しかしその鈴音の想いが届いたのか。会場に笑顔を送っていたクレオパトラ社長の顔が急に歪み眉がピクリと動いたのだ。

「実はプログラム上ではこの後副社長のプレゼンとなっておりましたが」

　その後苦しそうに深く息継ぎをした。

「万久人はたった今ここで死んでしまったのです」

　それは腹から絞り出し呻く様な低い声だった。

「先のイリュージョンでジュータンの中に入っていたのは私でなく弟の万久人だったのです」

　そこまで話すと俯き肩をがっくり落とした。

「エッ？　何だって？　何故副社長がジュータンの中に入るんだ？　どうなってる？」

「じゃあの血は副社長の血だったのだ。じゃあやっぱり殺人だったのか？」

「あのマジシャンが殺したという事か？」

皆訳が分からずザワメいたが、それを見下ろしていた久理子は静かに首を横に振った。

「私、私が彼を殺してしまったのです。

私が今日ジュータンの中に入りマフィアに狙われる事を知っていた万久人は、私の代わりにと自ら進んでジュータンに入り射殺されてしまったと、後になってヘイルから聞きました。考えた末の覚悟の自殺だったのです」

「覚悟の自殺とは一体？」

会場はシーンとして皆耳を澄ませている。

「万久人に命じられたマフィア達は警備員や舞台の照明係に化けてこの会場に入り込んだのです。

コラスの撃った三発の音だけの銃声にタイミングを合わせ、ジュータンの中に入っていた万久人の命を奪った後流れ出る血を見ててっきり私を殺害したと思い込んだのでしょう。

その後射殺犯達は照明を消し真っ暗なホールから堂々と外へ逃走しました。でも御安心下さい、ホテルの外で待ち構えていたヘイルの強靱な部下達になんなく取り押さえられたのです、そして皆さんこれだけは聞いて下さい。

万久人が犠牲になってくれたお陰で私にも会場の皆様にも擦り傷一つなく、マフィアの攻撃に巻き込まれず無事だったのです」そう言い放つと久理子は想い余った様にバタリとその場に泣き崩れた。

「エエッ？　副社長が自殺？　鈴音ちゃん、そんな大変な事になっていたなんて、全然気が付かなかったわね。もしかして私のマネージャーが戻ってこないのもそれに関係してるのかしら？」

「ウン、もしプロの殺し屋ならあの照明の位置からジュータンの中の副社長に銃弾を命中させる事は簡単なのかも知れないわよ」

「そうね。

でもいくら自殺志願だといってもここから見ていてジュータンの中で苦しんでもがいたり叫び声を上げげた様子には全く見えなかったわ、副社長も撃たれた時に身動き一つせずよくじっとしていられたわね。それもイリュージョンの所為かしら？」

雪乃が不思議に感じてか、鈴音にゴソゴソと話し掛けてきた。

しかしその時久理子は気丈にも立ち上がり再び声を張り上げたのだ。

「御存知の通り万久人の度重なる奇行や不始末について社内では以前より益々噂になりマスコミにも騒がれ、皆様にも大変御心配をお掛けしました。

けれど今日になって彼はやっと目覚め悔い改めたのです。

この様な最悪の結果にはなりましたが、彼は私やお騒がせした皆様へのお侘びを今日ここで死を持って償いました」

久理子は目を伏せ、しんみりと会場にそう訴えた。

「彼の将来を期待していた私にとっても本当に残念ですが、今は只私と共に彼の冥福をお祈り下さい」

それは誰も予期せぬ弟を悔やむ社長挨拶にまでなってしまったのだ。しかし不肖の弟を想い悲しむ彼女に皆は心打たれ却って同情的だった。

「それでは今からはプログラム通りポンタさんに登場して頂き楽しい小話をお願いしましょう。サア、それではポンタさんどうぞこちらへ！」

クレオパトラ社長は涙を拭き、キリリとした美しい顔を上げた。

ところがである。「ハーイどうです？　僕イケメンじゃなくて僕美人でしょ？　社長が危険なので影武者じゃなくて影クレオパトラ役引き受けましたよ！」

ポンタはすぐに舞台に飛び出してきたが何と社長同様クレオパトラの扮装をしている。舞台にクレオパトラが二人いるではないか？　又もや皆呆気に取られた。

「ポンタのクレオパトラ女王が落語の小話やるなんて前代未聞でしょ？　僕にとっても今日は最大のビッグサプライズですよ。サンキュー！」

ポンタがピースサインをしたので会場の皆は一気に大笑いだ。

「何だろうあいつの格好は？　いくら後援会長の社長の為とはいってもあそこまでよくやるよ！」

「全くだお笑いじゃなくてお泣かせだぜ、アッハッハ」

「フーン、雪乃ちゃん、確かにあの格好ではいくら何でも私達の席にも出て来られなかった訳ね！」

　鈴音も雪乃と顔を見合わせ面白そうにイッヒッヒと笑ってしまった。

　やがて会場のアチコチからポンタに拍手が湧き上がり、それは手を振りながら舞台から去って行くクレオパトラ社長とそのフィアンセ、ヘイルにも大波となって押し寄せた。

　まるでそれはこの場の古株社員達全員から二人に送られた祝いの花向けと、親愛の情とも受け取れたのである。

「マネージャー、ではポンタさんの次は私の出番なのでお先です」

　鈴音はその舞台を去って行く二人の後を追う様にすぐに席を立った。

　立食パーティーはもう始まっていたが、あの忙しい久理子の事だ。今このチャンスを逃せばこの先何時なん時会えるか分からないではないか。

　鈴音は振り袖のまま大急ぎで舞台裏へ駆け込もうとしたのだが、今日の為に特注した高草履が片方だけ階段からコロンと転がり落ちてしまった。

　シンデレラでもないのにと慌てて拾い上げたが、運良く情け無い姿を他には見られずホッとした。とにかく大急ぎだ。

「あっ、ちょっと待って下さい。久理子社長、私です。鈴音ですよ。本日はお目出とう御座います」

　後から追い付いて大慌てで声を掛けた。

「エッ？　アラ鈴江ちゃんじゃなくて芸名は鈴音ちゃんだったわね、今日は有り難う、でも折角の歌が聴けなくて残念だわ。私達今から弟の事で事情聴取を受けに警察に行かなきゃならないの」

その時久理子はヘイルと二人で舞台裏から廊下に出て退場する直前だったが運良く鈴音の声に気付いてくれたのだ。

同級生なのだから鈴江と呼ばれても抵抗はなかったが芸名を覚えてくれていて、そして彼女はヘイルから離れこちらに近付いてきた。

「鈴音ちゃんには何れ話そうと思っていたんだけどね。

実はこのヘイルのお陰で私は命拾いしたのよ。

久摩子が殺害された後彼がイタリアからこちらに飛んできてその筋からマフィアの一味に手を回し色々調べてくれたわ。

彼が私の代わりにポンタとカフェで会っていたのもその頃なのよ。

㊙調査だったので彼の事も話せなくて御免なさい」

小声で話していると、鈴音の驚く顔が見えたらしくヘイルも笑顔で側に寄ってきた、

「久理子ノクラスメート、ミュージィシャンノ鈴音サンデスネ？　ドウゾ宜シク」

鈴音がニッコリ頷くと安心した様子で握手してきた。

「万久人ハ酷イ弟デス。マフィアニ金ヲヤリ久理子ノ殺害ヲ依頼シタノデス。

ソシテポンタノ集会ノ後万久人ノ出シタイイ加減デ杜撰ナ情報カラマフィアハ間違エテ久摩子ヲ殺シマシタ。

ポンタノコートノオ陰デ久理子助カリマシタガ万久人本当ニ頭悪イデス。実ハ昨日東京カラ来タ友人ノマネージャーに金蔓ニサレ唆《そそのか》サレテイタト分カリマシタ」

矢張り雪乃のマネージャーが関わっていたのだと知り、鈴音はみるみる青ざめた。

「久理子ガイリュージョンデジュータンニ入ルト知ッタ二人ハ、昨夜カラ岡崎ノビジネスホテルデ殺害計画ヲ練リマフィアニ再度久理子殺害ヲ依頼シマシタ。私ト部下ハソノ話ヲ上手ク盗聴シ、朝ニナッテ踏ミ込ミ二人ガコノホテルニ着ク前ニ捕ラエ全部吐カセル事ニ成功シタノデス」

鈴音はそこまでの話を聞き、雪乃の言っていた、ビジネスホテルの来客とはヘイルとその部下だったと知った。

「でもヘイルはそのマネージャーもマフィア達と一緒に警察に突き出してしまったのよ。それまで縛り上げて倉庫に転がしておいてね。

けれどその前にヘイルは万久人をこのホテルの地下室に連れて行き、マフィアの射殺行動を止めさせ、自身も警察に自首する様にと何度も説得したのよ。

でも彼はどうしても嫌だと言い張り拒否したらしいわ。

『実の姉久摩子も自分のミスで殺してしまった。

今さら自首しても一生刑務所暮らしだよ。それにマフィアはもう会場に入り込んでいてその動きを止めようとすれば怒り狂って今度は反対に俺が殺される。

こうなったのは元はといえば俺が悪いんで自業自得、運の尽きだ。どうしても久理子社長に侘びて自首しろというなら俺が社長の代わりにジュータンに入って死んでやる。命を以て償えば文句ないだろう？』などと言い出したんですって。万久人は射殺されたといってても自らの意志でジュータンに入り殺されたのよ。私が舞台で言った通り自殺志願だったのだから」

「自殺志願？」

鈴音は久理子から異常な事の成り行きを聞かされたが何故かその話をスンナリとは受け入れられなかった。

「雪乃ちゃんが言ってたわ。副社長は余程我慢強いのね。ジュータンを何発も撃たれても声を上げずじっとしていて、しかもジュータンはその時ピクリとも動かなかった。

あの時既に中で眠っていたか死んでいたのでは？」

薄暗い舞台裏だったが、その時久理子の切れ長の目が突然吊り上がった様に見えたが？それから二～三分久理子の方から話し掛けてきて、鈴音は二人に別れを告げた。

そしてその後になって歌謡ショーが始まり、鈴音も雪乃も舞台で熱唱しそれから四時間後には大成功の内に幕を閉じたのである。

残念ながら主役の久理子社長とヘイルはそのまま最後まで会場に戻ってこられなかったのだが。

「鈴音ちゃん、雪乃ちゃんもお疲れ！

今日は色々大変な中、培った苦労が歌に滲み出て最高潮だったよ！」

「エッ、最高潮ですか？　よかった！」

鈴音と雪乃は又も顔を見合わせクスリと笑った。それは褒め言葉だろうと有り難く受け取る事にした。それにしても何時の間にか光晴は二人のマネージャーになったつもりでいるらしかった。

重い衣装ケースを運び一人で東京へ戻る事になってしまった気の毒な雪乃の為にと、能世に頼んで帰りもリムジンを一台チャーターして貰ったのだ。ホテルの玄関横付けで雪乃も感激して大喜び、三人一緒に仲良く乗り込んだ。

「社長が目出たくヘイルと婚約されたとはいえ、この先前途洋々なのか多難なのかは予想不可能で気掛かりです。それにしてもお歌はお上手でしたよ。私も今や鈴音さんの三河夢咲き音頭のファンになりました。それでですが今度はぜひ社長の良き御友人として相談に乗ってあげて頂けませんか？

今回の事件では若葉マネージャーにも随分お世話を掛けましたのでお詫びにと言っては何ですが、カラオケ設備のお話は私から社長にお願いしてみましょう。後少々お待ち下さい」

能世はそう言ってから頭を低くし、別れを惜しむ鈴音達三人を乗せたリムジンが小さくなるまでそのまま見送ってくれたのである。

「ギャラは事務所に振り込みだからよかったわ。それに若菜マネージャーのお陰で随分助かったし」

　無事大役を果たした後、車内の皆は和気藹々の楽しい雰囲気となった。

「ネエッ、鈴音ちゃん、今日のクレオパトラ社長とヘイルって凄いお似合いのビッグカップルよね。

　本当に羨ましいったらないわ！」

「ウン、私も同感！　でも雪乃ちゃんは羨ましがってる時じゃないでしょ。東京に帰ってから又マネージャーが新しく代わるのね？　今度こそ仕事熱心で頼りになる人だといいんだけどね」

「そうね、確かに」

　などと雪乃は小さく呟いて一旦不安気に下を向いたが、その後何故か突然スックと顔を上げ目を輝かせた。

「そうだわ、いっその事鈴音ちゃんを見習って若葉音楽事務所に移籍させて貰おうかしら？」

「エエーッ、そお⁉　まあそれもいいんじゃない。マリナちゃんが辞めた後だし事務所が賑やかになっていいかもね」

『まさか冗談でしょ？』などと軽く受け流していたのだが、その内鈴音にお構いなしに光晴と二人がペチャクチャ熱心に喋り出したのだ。

黙って見ているとアレヨアレヨで互いの携帯ナンバーを交換し合っている。

考えてみれば雪乃ももう三十歳になるし、光晴は雪乃のマネージャーでもないのだ。

そうなると二人の恋愛はタブーともいえないのでは？

男女の仲は予想不可能だと聞いてるし？

それに今日一日の仲の良さそうな二人の様子を見ていると充分有り得る様な？

鈴音がそれに気付きギョギョっと目を剝いたその時、リムジンはスルスルと若菜事務所の玄関前だった。

ドアが開き雪乃とも別れを惜しむ筈だったのだが、何と鈴音は無視され、二人はしっかり互いの手を握り合いそして雪乃が光晴に何か囁《ささや》いた。

「私あの面白い点々お母様とならば気が合いそう。東京での歌手活動もソロソロ引退したいと思っていたし、事務員位のお手伝いはしますわ」

『エエッ？　それって早過ぎ、今日会ったばかりで調子良過ぎない？　全く信じらんない！』

鈴音は一人だけ除け者にされ、ポカンと呆れるばかりだった。

そんなおまけのハプニングがあってから数日後、予想通り久理子社長就任祝賀会や副社長変死事件が表沙汰になり新聞紙上やマスコミを大いに賑わせた。

それも久理子とヘイルが並んだ舞台での扮装写真も掲載され、ヘイルとの婚約についてなどにまで尾ひれが付いていた。

何故か「クレオパトラ殺人ルート」などという目立つ派手な見出しであったが。

『罪の重さから将来を悲観しての自殺志願か？』

『兼ねてより社長の座を狙っていた万久人副社長は社長就任祝賀会のイリュージョンで姉の久理子社長がジュータンに入り登上予定だと知り、マフィアに久理子氏の射殺を依頼した。しかしその前日に計画が露見して絶望し、自らの判断で久理子氏の代わりにジュータンに入った。マフィアに拳銃で三発体を撃たれての失血死であった』

しかし鈴音の疑問はまだ打ち消されていない。それはあの性悪な万久人が本当に自分の意志でジュータンに入ったのかという事だった。

久理子が舞台で流した、弟を想う悲しみの涙は本物だと思うが、それでも実物のエジプト女王と重なってしまうのだ。

何故なら彼女にも久理子同様不仲な弟がいた。

そのプトレマイオス十三世は姉クレオパトラとの戦いに破れ船で沖へ逃げようとした。その途中海に落ちたのだがその時不運にも黄金の鎧、兜、剣などで身を固めていたので泳いで逃げる事も出来ず海の底深く沈み藻屑となって消えたという。

しかし追い詰められた故の哀れな最期とは少し違う気がする。

鈴音には、あのステーキハウスのシェフも言う様に、根っから性悪な万久人が簡単に改心して恐ろしい死のジュータンの中にしかも自ら入ったなどとは到底信じられなかった。

しかしもしも、ホテルの地下室でヘイルが無理矢理睡眠薬を飲ませその後或いは久理子と共に万久人を直接ジュータンの中に押し込んだとしたら？

もしその鈴音の推理が事実だとしたら自分で睡眠薬を飲んでないなら、万久人は自殺志願どころか久理子とヘイルに体よく殺されたのだ！

それは密やかなる「万久人殺人ルート」ではなかったのか？　しかし今になってはその真相は久理子とヘイル、コラス、そして常に親しくし久理子を崇めているポンタ位しか知り得ないのだ。そして揃って口を噤んでいれば警察にも誰にも事実はバレない。

しかも今後の久理子はエジプトのクレオパトラ女王同様、金館ホールディングスという私的世界の頂点に立ち、社長という名の玉座に安心して君臨出来るのである。

それに疑いを持った鈴音にしても万久人の死因を深く追及するつもりなど更々ない。

何故ならあの舞台裏で、久理子はこっそり約束してくれたからだ。

「鈴江ちゃん、今日のお礼に後援会の立ち上げに協力してあげるわ。先ず、新曲をレコーディングしてそのCD千枚位は買い取るわ。売り出すにはテレビ出演もしなきゃ駄目ね。その内会長もポンタと一緒にでいいのなら私が引き受けてもいいし」

「エッ？　社長本当にですか？　有り難う御座います」

そういう話であればこちらと願ったり叶ったりである。それならそのお陰で今後は本格的にメジャー歌手を目指せるではないか？

その話を久理子から聞いた時、光晴からも後援会の話も勧められていたので、内心有頂天になり飛び上がらんばかりに喜んだ。

『ヨッシャー！　これであの高慢コンコンチキな美波間なんかも目じゃない！　苦節十年、今に見ていろ！』それは未だ誰にも秘密儀だったが真ん丸い目をギラギラ輝かせ、一人でニンマリ笑ったのである。


そうとは言え、二〜三日後、キャンペーン回りを済ませ、家で一息吐いている時だった。

「今晩は。今大丈夫？　先程金館さんから電話があったの。鈴江ちゃんにも宜しくと言ってたから早い方がいいと思って」

「アラッ、そう？　有り難う裕ちゃん、それで何て？」

「今度のクラス会には出席してくれるそうだけど、それとは別に来週あたり例のステーキハウスへどうですかって、今度はやっと事件も片付いて落ち着いたから大丈夫ですって」

「私も久理子社長には色々と随分お世話になったわ。歌謡ショーでは高額なギャラの他に沢山お祝儀を頂いたの。そのお返しに今度は私が二人に奢っちゃおうかな？」

「エッ？　それって臨時ボーナスみたいなものね？」

それに大賛成、御馳になりま〜す」

な〜んだ、先回は割り勘に尤もらしく賛成しておいてイザとなると裕子もチャッカリ者なんだと呆れ、鈴音は口をアングリ開けた。

「それはさて置いて」

「エッ？　さて置いてって未だ他に何か？」

「彼女はもうクラス会の出席者全員に贈呈品を用意してるんですって」

「へーッ、流石に律儀ね、あのクレオパトラらしいわ。今度はきっと黄金のコブラだったりして？」

イリュージョンに登場した船首のコブラを思い出した。

「私もその方がよかったわ。でも何故か分からないけど以前のスフィンクスで失敗したので金ピカは懲り懲りというの？

今度はね。何とフィアンセとのツーショット写真ですって。

週刊誌にも載っていたあの凄い、エジプトのクレオパトラとアントニウススタイルのね」

「エーッ、贈呈品がツーショット写真？」

鈴音は顔に皺を寄せ不服そうだ。

「だけどね。その額縁はダイヤモンド十個入りなんですって。気に入らないんなら写真は外してお宝の額縁だけを飾らせて貰えばいいじゃんよ」

裕子の口調も羨まし気で自棄っパチにも思える。

「マア、そうね。それはそれで私、浜路鈴音として、クラス会のカラオケには力一杯歌うわ。差し詰めビッグワンマンショーよ」

「そうよ、貴女は私達、売れない独身組代表の中の大スターだもの。勿論応援するわ！」

「エッ、裕ちゃん、今何て言ったの？　独身組は分かるけど、売れてない代表のスターみたいな言い方じゃない？　そりゃあないわ。酷～い！」

「嫌あ、そんな誤解よ！」裕子は大笑いだったが、今や鈴音の将来は明るいのだ。

しかも最近になってやっと、歌に幅と味が出てきたと若菜社長にも褒められた。『後援会だってそこに見合う実力と歌唱力があってこそよ。頑張って！』とも力説してくれた。

『シメシメ、やっと今までの努力が実り、仕事や夢見る未来の恋愛だってレッツゴーだ。この先全てが快調にきっと上手くいくわ！』そんなハッピーな予感が体中にピチピチと力強く湧き上がってきたのである。


―完―

五山の送り日

京都といえは千年の古都、平安京、歴史的に古い神社仏閣などが数多く有名だが西陣織もそれに負けぬ伝統的な特産物である。

福富浩樹《ふくとみひろき》はそんな西陣織商品を扱う老舗呉服店、福富屋の一人息子として生を受けた。その販売店はというと晴明神社や京都御所近くの数ある土産物店などの並びに位置していた。

元々豪華な和装が中心であるが、近頃は現代の風潮に合わせオリジナルの細々とした小物の種類も多い。

和装小物の他、ネクタイ、ショール、バッグ、掛け軸や美術工芸品、お皿やアイフォンケースに至るまで、店頭にカラフルに並べ行き交う人々の目を引いている。

そんな西陣織の歴史はというと、古くは五～六世紀頃に渡来人によって日本に持ち込まれたが、応仁の乱（一四六七～一四七七年）以後山城の国（現在の京都）で技術や技法が発展し栄えたのだという。

大昔は天皇家や貴族様に献上し、それ以後も、派手好きな豊臣秀吉など武家にも重宝され保護されたのは周知である。

しかし実際のところ、そんな過去の華々しい繁栄も今世では影を潜めつつあると思われた。

福富屋もその例外ではなくその昔から思うと店の構えは三分の一位に縮小されていたのだ。

そして浩樹が跡を継げば先祖から十五代目店主に当たるのだったが、当の浩樹は未だに決心が付き兼ねていた。

両親の期待が大きければ大きい程重苦しいばかりで気が進まなかったのである。

京都の某大学に進学し、繊維科学の分野を専攻して二十歳を過ぎた頃には、西陣織よりも一般的な広い業界、最近の若者に流行しているアパレル関係の商法に興味を持ってしまった。

「兄さん、熱心に何読んではるの？　アパレル業界のファッション雑誌？　最近仰山買ってはるけどうちにも見せてえな？」

三歳年下の妹、美江《よしえ》は不思議そうな顔をしたが、しかしその一年後、大学を卒業した浩樹が、突然家を出て上京してしまうとは彼女どころか両親でさえ寝耳に水で夢にも思わなかったのだ。

「東京でアパレル商社に就職するんやて？

何も東京へまで行かんでも探せば京都にも同系列の企業もあるやろに？」

父親の利樹《としき》、母親の美十子《みとこ》も酷く落胆し、慌てて引き止めはしたが時既に遅しで為す術もなかったのである。結局諦め、渋々、愛する一人息子を励まし、見送るしか方法がないと悟った。

「さよか。なら仕様もあらへん。そやけど期限は三年やで。三年後には必ず戻らんとあかん。それまでは福富屋の跡継ぎの修業やと思って気張りなはれ。宜しいな？」

「父はんはああ言うてもな。三年と言わず、一年でも二年でも早う帰ってきなはれや。呉々も体に気い付けてな」

「ウンお父はんお母はん、おおきに、ほな行ってきます」

泣く泣く見送り手を振ってくれている妹や両親をそっ気なく背にして、浩樹は希望に燃えながら故郷を後にした。

それは丁度梅の花が咲き生け垣の赤や白の山茶花が一つ一つボトリボトリと散り急ぐ、三月初めの早朝であった。

アパレル業界といえば欧米ならＳＰＡ、ファストファッション、オムニチャンネル、日本でならメルカリ、アマゾン、ＺＯ《ゾ》ＺＯ《ゾ》などの躍進が目覚ましい。しかも現在はスマートフォン、アプリの時代になり、アパレルもその利用でコストを下げれば何億円、何兆円の収入も現実に得られるという。

浩樹は伝統的とはいえ古い西陣織より、そちらに強い魅力を感じ入ったのである。上京する前に就職先を決め、会社近くにあるワンルームアパートの賃貸契約まで済ませていた。

だがそんな無謀とも思える行動に走った原因の一つには、生まれてこの方京都を出る機会がなく、このまま古い考えの両親との同居生活を、日常的に強いられるのに、抵抗があり、新しい物、つまり開拓精神に目覚め、独立して自由に暮らしたかったからなのだ。

とはいえ東京に頼れる親戚や知人などが居住している訳でもなく、本心では心細さも無いとは言えない。

美十子の、三年と言わず一年でも二年でも早うお帰り、という言葉は耳に残っていたが、それは一旦胸に仕舞い込み、東京都品川区のワンルームアパートから新生活を始める事になった。

それも、そこから電車で十分程になる広い道路沿いのビルにアパレル専門企業の本社が入っていた。

半年前に上京し、社内見学と同時に面接を受けたが、三人の面接官は浩樹の持ち前の温和で生真面目な性格を認め信用してくれたのか。内定通知はすぐに来た。

しかしアパレルの商法に関する流通促進課かデザイン企画部への配属を希望したが却下され、先ずは営業部門から始め、外部との接触から頼むと言われてしまったのである。

主に商品の取引先や小売店の開拓又、売上アップの為の商品説明などを任されていたがイザその気になって足を運んでも思ったより困難で直接の成績に中々繋がらない。

自分では誠心誠意メリットを力説して、何度も通うのだが、店長達は忙しさに紛れてか。体よく断ってくる。

当然営業のノウハウも指導を受けての事だが、結局三～四ケ月を過ぎても規定のノルマは達成出来ず最下位の棒グラフが続くばかりであった。

だがその頃の事である。「聞けば君は京都生まれの根っからのお坊っちゃん育ちらしくオットリしてるからな、だが心配するな、営業は断られてからが第一歩、本当の勝負さ。隙を見ての上手い突っ込み。

それが腕の見せどころでネックなんだよ。頑張れ！」

などと何時もハッパを掛けてくるのは三歳年上のやり手営業マン、松村《まつむら》であった。

確かにそう言われてみれば納得はするが、最初から危惧していた通り、自分は営業には向いていないと、今頃になってつくづく感じていた。

それにノルマを達成出来ねば基本給料は少なく生活も大変で毎月の家賃さえも滞ってしまうのだ。とはいえ楽しみも一つあった。

「アラッ、お早う御座います。福富さん、元気がないけどどうかされた？　顔色が悪いみたい。ノルマの事ならまだ入社してやっと四ケ月なんだからまだまだこれからよ。気持ちを入れ替えて頑張って下さい。

私だってまだ上京して二年目で、今になってようやくこの仕事に慣れたところなんだから」

二歳年下だという受付嬢の小樫茜《こがしあかね》が時々声を掛けてくれるのが唯一の救いであった。笑顔の愛くるしい小柄な美人であったが、他の女性事務員とは違い何故かパッとしないと思われる浩樹でも優しく接してくれていた。

そんなある日の夕方、社内からの二人の帰宅時間が偶然重なったのである。

「エーッ、やっぱり京都の方なのね？　松村さんからも聞いたけど時々京都弁が出るからそうじゃないかと思って」

社外の道路を同方向に歩きながらの雑談となった。

「松村さんからですか？　ハイ、そうですが実家は古くから西陣織を扱う呉服店なんです」

「私は京都も京都弁も大好きで、しかも西陣織老舗店の息子さんなんですか？　どうりで何処かオットリして上品な性格よね？　でも驚かないでね。実は私ものんびり屋で、素朴な田舎島根県隠岐島の出身なのよ。海に囲まれた小島の景色は抜群だし、お魚も沢山取れて新鮮で美味しいわ」

「へーッ、君はあの孤島の隠岐島からここへ？」

「エエ、高校を卒業して数年は島で観光ガイドをしていたの。その後勤め先は違うけど先に上京していた友人に勧められたからね。でも観光ガイドをしていたので島の歴史なんかは色々よく知っているのよ」

「そりゃあそうやな。隠岐島っていうと確かその昔、元々は京都に暮らしていた後鳥羽天皇とか後醍醐天皇が色々あって島流しにされたという？」すると茜は目を輝かせ得意そうにコックリ頷いた。

「その通りよ。後鳥羽上皇は八十二代天皇、後醍醐様は九十六代なの。特に後鳥羽上皇様は帝王の中の帝王と呼ばれる凄く高貴な方なの。

六十歳まで島で余生を過ごされ、島には後鳥羽天皇御火葬塚や魂を祭る隠岐神社もあるわ。

それに京都育ちの高尚な文化人らしく和歌が得意で有名でもあるわ、海士町では今でもそんな上皇を偲んで和歌の大会が開かれるしね。上皇の和歌に宿る切実に京都に戻りたいという秘めた思いが心に響くわ。だから私は尊敬するし凄く感動するのよ。例えばね『我こそは新島守よ隠岐の海の荒き波風心して吹け』とかね。きっとその昔の上皇様も福富さんよりもっと酷く癖のある公家の京都弁だったのよ。そう思うと私にとっても何故か京都や福富さんが身近に感じられたりもするわ」

「フーン、そない考えると戸樫さんの出生地隠岐の島と京都は満ざら無関係でもないんやな？

それで僕に時々優しい声を掛けてくれたとか？」

浩樹は苦笑したが、その通りと頷いて茜と初めて間近で顔を見合わせる事になった。

偶然の出会いとはいえ、この時浩樹は茜に何故か運命的に惹かれ性格が似ているとも感じたが、それは茜も同様だったらしい。聞けば茜の父親は漁師だったが四～五年前に嵐の海で亡くなり、母親と弟の三人家族だという。

それ以来二人は帰宅途中のコーヒー店に時々立ち寄り、他愛ない会話を交わす仲になっていった。

そうは言っても常にノルマに追われている浩樹にはのんびり出来る時間の余裕などは殆どなかったのであるが。

「最初は先に上京していた友人、由香《ゆか》ちゃんの格安アパートにシェアさせて貰っていたのよ、ところがその由香ちゃんに彼氏が出来てしまい、二ケ月程前に追い出されてしまったのよ。それで今はこの会社から歩いて二十分の１ＬＤＫ、品川のアパートに引っ越したの」

「エッ？　品川の何処？」住所も近くと分かり浩樹は喜んだ。だが聞いてみれば、受付嬢とはいえ、観光ガイドの経験を買われ優先的に採用されたので、基本給料だけの自分と比べればそれよりは高給取りらしいと分かった。預貯金も少しずつ増やしているらしく真面目で、見掛けよりも可成りのしっかり者だとも感じる。

「営業部は土、日のお休みもある様で無いから大変よね、でもそれだと余計疲れてストレスも溜まり仕事上逆効果よ。折角福富さんもこうして憧れの東京に来たんでしょ？

　偶には息抜きも必要だし、ホラ、ディズニーランドとか、東京湾アクアラインとかは知ってるわね？

　神奈川県川崎市から千葉県木更津市を結ぶ海上高速道路。途中の木更津人工島にある、三六〇度海に囲まれた海ホタルパーキングエリア。どう？　参考の為に一度行ってみたくない？」

「海ホタルパーキング？　噂には聞いてるけど車も持ってないし、軍資金も今は余裕がない。そりゃあ僕には無理やな」

　正直な浩樹は見栄も張れず、残念そうに首を振ったが、何故かその時目の前の茜は目を輝かせて悪戯っぽく笑っている。

「そうよね。それは了解よ。今回は特別に私が二人分の軍資金位出してあげる。後で出世払いで返してくれるわね？　私だって行きたくても一人じゃ無理だしね。そこへは以前福富さんと同じ営業部の人、知ってるでしょ？　あの松村さんに誘われた事があったわ。

でもやんわりお断りしたのよ。成績はトップでエリートでも何処か人を見下してる様な傲慢で気の許せないタイプに見えない？　それよりオットリした福富さんの方が顔を見てもホッコリするし一緒にドライブしても安心だわ」

「そうか、あのやり手エリートの松村さんが？」

確かに彼は顔付きからしても自分と比べ痩せて神経質そうで悪く言えば何処か抜け目ない性格に思える。その松村が自分より先に茜に下心があったとは？　彼女がその松村を断ってまでも、しかも二人分の軍資金を出してくれるなどとも言われては男の意地で承知するしかないではないか。

それ故何とかしようと、仕事の都合を付け、一週間後の日曜日に早々とドライブの予定を入れ、そしてレンタカーの予約も取った。

しかしその浮かれた決断が仕事上での重大な失敗を引き起こす最悪な要因になるとは、その時の浩樹には全く予想だに出来なかったのである。

その日は青空も覗き、快調なドライブ日和となった。「ウワーッ素敵、隠岐島にも勝る最高のビューね」

五階建てのサービスエリアから見下ろす景色は思ったより素晴らしく、中のレストランも土産物売り場もその他特有の種類豊富な珍味に溢れている。

「ウーン、どのメニューも美味しそうだけど、見て、見て！　あちらの回転寿司のみさきはどう？」

「嫌、僕はこっちのあさりヤキソバでいいよ」

などと立場上、浩樹は遠慮して安いメニューを頼んだが、それでも初めての二人での食事は楽しく美味しかった。

その後場所を移し、カフェでアイスコーヒー付きのデザートセットを優雅に味わっていると、突然ポケットに入れておいたスマホがジリジリと鳴り始めた。

「君、福富君、今何処にいるの？　何度も電話したんだが！」

慌てて取り出すとそれは上司の柿内《かきうち》営業部長からだった。

「アッ、済みません、先刻まで高速を走っていて電源を切っていたものですから」

食事の後に気付きｏｎにしたところだった。

「数時間前に君の担当の練馬衣料品店《ねりまいりょうひん》さんから注文があってね。それも特注でネーム入りのユニホーム三十着だそうだ。

近所のグラウンドで練習しているアマチュア草野球チームが次の試合に間に合わせたいからだそうだ。打ち合わせしたいから大至急来て欲しい。と言ってきた」

「エーッ、練馬衣料品店さんからユニフォーム三十着？　それは凄い！　良かったです」

「それで君が以前から熱心に勧めていた値段が割安になるアプリ契約を取り交わしたいと

言ってくれたんだがね。何しろ、店主はあの通りの頑固者で気の短い親爺《おやじ》さんの事だ。大至急と言うし、君とは中々連絡が取れない。仕方なくすぐ電話に出てくれた松村君に代わりに行って貰ったよ、それも今から一時間程前だがね」

「アプリ契約は僕のノルマでもあるし、販売店にも客にもメリットがありますからね、分かりました。今すぐとはいきませんが一～二時間後には必ず伺えます」

「何？　一～二時間後では松村君もそれまで君を待ってはいられないだろう。とにかく今から急いで彼に連絡を取ってみてくれたまえ」

「ハイ、分かりました。済みません」

柿本部長の口調に驚き、慌ててスマホを確認してみると成る程ドライブ中から今までに部長から四～五回も着信があった。

「エッ？　どうしたの？　柿内部長からでしょ？

横にいても高い声がビンビン響いていてすぐ分かったわ」

「アッ、ウン、そうだけど、急な仕事が入って今すぐ戻らないとあかんのだわ、ゴメン」

「そうなの？　いいわよ。仕事が入ったのならラッキーじゃない。

元はといえば私が無理矢理誘ったんだし大丈夫よ」

茜はそうは言って微笑んでくれたが、選りに選ってこんな時にと浩樹は落胆するばかりだった。

当然、部長にも今、何処にいるのか？　と聞かれたが、まさか茜と一緒に東京アクアラインを走行し海ほたるにいるなどとは正直に言えそうになかった。

社内恋愛禁止令などとまでは聞いていないが、それでも社内の評判もあるし何かと用心に越した事はない。茜の為にも黙秘する方が無難だと思ったのだ。

しかしそれからアクアラインからの帰り道に何度も松村の携帯に連絡を取ってみたが留守電になっていて繋がらない。仕方なく茜を途中で降ろして練馬衣料品店へ行ってみた。しかし駐車場にレンタカーを停め店内へ入ろうとした時、丁度松村から着信が入った。彼が言うにはもう衣料品店にはいない。既に親爺さんと話を付け、アプリの契約も取れたという。

「君が遅いので親爺さんはお冠で他の業者に頼むと言い張っていたが何とか御機嫌を取ってやっと契約にこぎ着けたよ。

それでさ。そんな訳だから今回のノルマは僕に譲って貰うよ。柿本部長も承知の上だからいいよね？」

「エッ松村さん、そんな。せめて折半では？」

遅れた事を謝ってから何度も頼んではみたが冷たい返事で後の祭りだった。

自分はノルマの為に親爺さんから契約を貰おうと三ケ月も通ったのにと、ショボクレルばかりだ。しかしアンラッキーだったとはいえ、それを何時までも引き摺る訳にもいかない。

これを反省の一つとして、気持ちを引き締め、ポジティブに頑張ろうと自分に言い聞かせるしかない。それ以後もひたすら努力した。そして浩樹の入社から一～二年が経ちそれまでに、営業部にも新入社員が一人入ってきていた。その社員が結構やり手で、やはりノルマの棒グラフはというと、浩樹が最下位のままであった。ところが、そんなある日出勤してパソコンに向かおうとしていると内線で柿内部長に呼び出された。多分又何時も通り、今月のノルマのお叱りだろうと推測しオズオズと部長室に入った。ところが何とそこには予期せぬ展開が待っていたのである。

「ヤア、福富君、折り入って相談だがね。

一度イギリスのロンドンへ半年程研修に行ってみないかね？

長期出張という事でその間の寮費と往復のフライト代は会社持ちだよ。食事代とかの生活費は自分で工面して欲しいがね。だがこちらから毎月の給料は出ない代わりに、研修中に現場での実地作業をアルバイト的にさせて貰えるそうだ。マア、ここで君の基本給と同じ位は出ると思うから大丈夫だよ。その条件でどうだろう？」

「ハアッ？　部長、僕がロンドンへ半年間も研修旅行にですか？」

てっきりお小言かと身を縮めていたが、予期せぬ信じられない、しかも思ってもみない夢の様な話だった。

「知っての通りロンドンは世界のファッション流通市場の中で低価格の最激戦区なんだよ。超低価格のファストファッションチェーンの代表格は『プライマーク』と言ってね」

「よく分かりませんがプライマークとは？」

「そう、中心地や主要ショッピングエリアにそんなグローバルチェーンの強豪がひしめいている。

日本のアパレル業界ではそれをベンチマークしていると言われ、ユニクロやドンキホーテ、ゾゾタウン、しまむら、などがお手本にしているんだ」

「ベンチマークですか？　しかし何故突然この僕が？」

「嫌、君一人を行かせるのじゃなくてね。研修は以前から松村君に熱心に頼まれていたんだ。将来の業績アップの為に営業マンとしても必要な知識、経験だから行かせて欲しいと、力説されてね。上と相談して半年間位なら大丈夫だろうと言われ、承知したんだ。だが一人で行かせるのも何だし同じ営業部の君も一緒にどうかと思ってね。

それは松村君の推薦でもあるんだよ。」

「エッ？　松村さんが僕を推薦してくれたんですか？」

大体の話の内容や会社の方針は理解出来たが、何故松村にとってはドン臭い筈の自分なんかを？　と少々の疑問は残った。

それに同じロンドン出張でも会社が優秀で先々出世頭の松村を行かせるのは分かるが、自分はもしかしたら体の良い厄介払い？　本当は解雇される代わりの恩情で何も期待などされていないのでは？　全く英語も話せないのに？　とネガティブな考えさえ脳裏をよぎった。それに旅立つとなればそれなりの準備費用も掛かるのだ。今はその余裕もないので仕方なく一旦断ろうとした。ところが、準備資金として会社が百万円は貸してくれる。

日本に復帰後、少しずつ返済してくれればよいと柿内部長に力説された。

「エーッ、それっていいんじゃない？　断らなくても半年間だけなんだもの。色々経験出来るし資金も援助してくれるんなら勿体ないわよ！」

茜には白羽の矢を立てられた様な言い方をされ、その上諸手を挙げて賛成してくれた。

「滞在中に偶にならば観光も出来るんでしょ？

ロンドン塔とかビッグベン、ウェールズ地方の古いお城巡りなんかも素敵、私も四～五日お休み頂いて一緒にイギリスをグルリと観光したいわ」

「そりゃあ無理だよ。そんな暇はないし、第一松村さんと常に行動を共にしてるからね」

「そうだったわね。折角のチャンスなのにそれなら残念だけど止めておくわ」

松村の名前を聞くと急に顔を曇らせたがその様子では余程嫌っている様に思われた。

しかしそんな茜の後押しのお陰もあり迷っていたロンドン研修を決意する事が出来たのである。


「オオ、そうか。やっと行く気になってくれたか？

松村君は英語も堪能だし一緒にいれば君も困らないだろう。しかし何処か神経質だし自分本位な無鉄砲な性格だから羽目を外さない様に注意していてくれ。無事研修が終わるまでは彼の助手役も頼んだよ」

普段何かと気に掛けてくれている柿内部長も喜んでくれたが、金魚の糞でなく助手と言ってくれたのは彼の親切な心遣いだったのだろうと察した。

「福富君、宜しくな。な～に。心配する事はないさ。ロンドンについてはちと詳しいんでね。

そりゃあ伝統的ブランド品も土産物としてはよく売れてるけどな。しかしそれとは別に日常のイギリスではファストファッションから再生可能なバイオマテリアルファッション、レンタルサービスやデジタルファッションなどが最先端を行っているんだよ」

「へーッ凄い！　僕なんかと違い松村さんは流石によく御存知ですね？」

「嫌、それ程でもないさ。イギリス留学を経て現地で起業した、世界的にも有名なアパレル業界の先輩がいて、何かと聞いて知っているだけだよ」などと松村は鼻高々、如何にも得意気に吹聴していたが、それからおよそ二週間後の朝、二人は羽田空港から、ロンドンのヒースロー国際空港に向かい、機上の人となったのである。約十二時間三十分のフライトだったが。

アレコレ忙しい前日からの準備などの疲れもあり、浩樹は静かなエコノミー席でグッスリ眠り込んでしまったが隣席の松村もそれは同様であった。

機内食の間以外は眠ってばかりいたが、二人が目を覚ましたのは、昼の十二時頃、時差の関係もあった。

「ヤレヤレ、よく寝たわ。無事着陸だが時差ボケで太陽がやけに眩しいよ」

松村が大きく背伸びをして席を立ち、浩樹も手荷物を下ろしてそれに続いた。

「オオッ、福富君、流石にここはイギリスだ。日本とは違うロンドンの自由な風を感じないか？　アー、それはそうとここからタクシーを使い二～三十分位？　アビントンストリート沿いのエレファントハウスだな。寮が満室で、会社側が紹介してくれた古いワンルームだよ。サア行こう！」

空港を出た後、松村が大袈裟に一声を上げてから、二人はタクシー乗り場に向かった。その間も浩樹は落ち着かず物珍し気にアチコチキョロキョロ見回していたが。

「Oh, welcome.《ようこそ》 Where do you go?《何処へ行きますか？》

Are you Japanese travelers?《あなた方は日本人旅行者ですか？》 and《そして》
Is it first time in London?《ロンドンは初めてですか？》」

乗り込むとすぐに、金髪の人懐こい運転手が流調な英語でそう話し掛けてきた。

「That's right,《その通りです》 we came from Japan. first time.《私達は初めて日本から来ました。》

but, not travel, for Business《しかし旅行者でなく仕事です。》」

浩樹はしょっぱなから驚いたが松村はエレファントハウスを地図で示しながら余裕でペラペラと言葉を交わしているではないか？

その後車はロンドンの中心を流れるテムズ川沿いのアビントンストリートに向かい、両サイドにはウエストミンスター寺院、国会議事堂、ビッグベン、セントマーガレット教会などが堂々と連なっていた。ロンドンブリッジは少し見えるがそれから可成り先であった。

運転手が五階建てのエレファントハウス前で二人を降ろし走り去って行った時になって浩樹はやっと一呼吸してホッとした。

松村とワンセットで気は重かったが、こうして待望のイギリス、ロンドンに足を踏み入れ、慣れない異国での新生活が始まったのである。

「心配無いよ。福富君、英会話は実践第一、身振り手振りでゴチャゴチャやってればその内自然と身に付くさ」

成る程と頷きながらレトロっぽいアパートの階段を三階まで上った。そして互いに部屋番号を確認した後、

「君も疲れただろう。明朝覗くから、それまで今日は自由行動にしてゆっくり休みたまえ」

親切ゴカシに言うと、松村はサッサと背を向け浩樹の二ツ隣の部屋を開けると、スーツケースを押し込んでから中に入って行った。浩樹としても空港内の売店で差し当たってのパン類や飲み物は買ってきたし、手荷物の旅行バッグなどに日本食も少しばかり入っていた。これで今日の夕食位は大丈夫だろう。別に一人でも困る事もない。と思い、それから自分も与えられた白壁のワンルームにドッカリと腰を落ち着けた。

持参した大型スーツケースの中から衣類やパソコン、生活必需品を取り出し、ボチボチと整理を始めた。六畳程の室内には一応の家具一式、冷蔵庫やテレビ、調理台なども完備されていて自炊も出来た。

少し狭いがこれならいいや。一つ部屋隣には松村さんもいるし、と安心はしたものの、しかしこれから自分がその彼の厄介なお荷物になりはしないか？　という一抹の不安も抱えながら、ロンドンで初めての一日目が慌ただしく暮れていった。

翌朝七時頃、習性になっているのか。通常通りに目覚め、大欠伸をしながら起き上がった。ふと見ればバルコニーから室内に眩しい光が明るく射し込んでいる。ガラス戸を開け、外に立つと目の前に見慣れぬ異次元の景色が広がり、その中をテムズ川が眩しくとうとうと流れている。その周辺には伝統と古い歴史の息衝くロンドンの美しくモダンな街並み。ウットリと眺めていると急に外からドドン、ドンドンとドアを遠慮なくノックする音が聞こえてきた。それはやはり松村だった。

「お早う、福富君。職場への挨拶や出勤は明日の月曜日からでいいんだ。だけど今日は日曜日だし今から外出してこの近辺を色々物色してからブランチといきたいが君も一緒にどうだい？」

「アア、朝食抜きのそのブランチですね？

分かりました。すぐ仕度します」

忙しいし節約の為だと分かったが、命令一下、洗顔もそこそこに大慌てで着替え、先に行く松村の後を追った。

アビントンストリートをテムズ川上流に向かい歩くと二十分程で塀に囲まれた、勤務地のアパレルトレンディカンパニー前に出る。外観もスマートな十階建てのプロジェクトで、東京本社とも直接の流通があり、人脈のある柿本部長が何度も交渉して松村と自分を送り込んでくれた。と聞く。しかし今日は休日なので人気も無く、ジロジロと横目に見ながら通り過ぎた。

「このままパーラメントストリートを行けば財務省、外務省、首相官邸などがあるんだ」

「エーッ、凄いですね。この辺りは正にロンドンの中心部というか。ところでバッキンガム宮殿は何処ですか？　そこであのチャールズ国王の戴冠式が行われましたよね？」

「アア、それならこの左側のセントジェームズパーク、レイクの向かい側にあるさ。だがそこまで歩くのは少し遠いから見たければ日を改め一人でタクシーで行くといいよ。

他にも見学がしたければこの先のジャパントラベルセンターで観光地の地図や情報案内もしてくれるさ」

「それは助かります。それにしても流石にロンドンは建物や家々だけでなく道行く若者や老人の服装でさえもお洒落でハイセンスですね？」

「そりゃあそうさ。日本と違って普段着のファッションだって流行の先端なんだから。それはそうと、今からのブランチは軽くサンドイッチ位にして、夕食はリーズナブルなガストロパブにでも入ろうか？」

「ガストロパブ？　エエ、僕はそれでいいです。

お任せしますよ」

松村は、夕食は一旦帰宅してからもう一度タクシーで出直すというが右も左も分からない浩樹はその通りに従うしかなかった。

そのままズルズルと先を急ぐと右側には、ショーウインドーに可愛らしいケーキ類が並んだ、アフタヌーンティーハウスが見えた。二人して中に入ってみると、ホットドッグやサンドイッチもあるというので歩き疲れたしここにするかとやっと腰を下ろせた。

「ウン、これは美味い。流石に上質なコーヒーだよ。どちらかといえばロンドンではトワイニング紅茶の方が有名らしいけどな」

「そうですか。そりゃあケーキなら紅茶ですからね」

ハラペコだった浩樹は適当に答えながら具沢山のサンドイッチを注文しパクリとかぶり付いた。

そして、二～三十分休憩した後、二人は店を出てきた道を又引き返す事にした。

「明日から研修だしそうそうのんびりもしていられないからな。途中のミニマーケットで差し当たっての食料品位買い漁りアパートに戻ろう。それから又外出して夕食だ」

終日の予定まで勝手に決められてしまったが、それに従うしかない。

浩樹は当然、ハイハイと頷きながら松村の後に付いて、本通りから離れた小振りな食料品店に立ち寄った。

ここでも松村の英語力に助けられたが、とにかく大袋にドッサリ必要なレトルト食品などを買い込み、それからドッコイショとアパートの部屋に運び入れた。

そんなこんなでそれを部屋に備え付けの小型冷蔵庫の中や戸棚に仕舞い込み、序でに収納ケースの中のハンガーに用意してきた洋服類を整理してブラ下げたりもした。

結局、夕方までバタバタしたが、松村の計画に合わせ、五時頃タクシーで外出した。その後やっとロンドンならではの美味しい御馳走にあり付いたのである。

「エッ、松村さん、ここが噂のシャーロックホームズパブですか？」

タクシーを降りるとすぐ目の前にはシャーロックホームズの銅像があり、近くにはそれにちなんだ博物館や壁面に名場面を刻んだベーカーストリート駅まである。観光目的で来た訳ではなかったが流石にこの迫力には驚いた。

「何しろここは世界中でも有名なシャーロックホームズ生誕の地だからな。この横の通りにはホームズグッズの土産店がズラリと並んでるらしいが参考の為にちょっと覗いてみるかい？」

「イエ松村さん。特別には。それより僕は夕食の方が」

シャーロックホームズに特別興味があるのでもなく、それより早く食事にあり付きたかったのだ。

「ウエイター、カムヒヤープリーズ」

正面のパブに入ると松村が例の如く店員を呼び付け料理を数品注文した。

伝統的な英国料理、グリルドラムやコテージパイ、フィッシュ&チップスなどである。そして松村は黒ビール、浩樹はアルコール分は少ないというリンゴ酒を選んだ。珍しく美味な食事に二人は喜び大満足であったが、松村はともかく、浩樹は、たかがリンゴ酒といえども口当たりが甘く、何杯も追加した。その結果五臓六腑に染み渡りフラフラに酔っ払ってしまった。

「オイオイ福富君大丈夫かい？　明日から出勤だぞ。しっかりしろ！」

どちらにしても夜中にフラフラ歩くつもりもなかった松村が又、来た時と同じタクシーをチャーターしてくれ何とか無事にアパートに帰り着いた。

無論食事代、タクシー代も二人で折半にしたが、初日からそんな費用も結構高くてバカにならなかった。今思えば茜がフライト前日に、「餞別だからこれをポンドに替えて」と言って十万円手渡してくれたのが今更ながら有り難かった。そう言えば東京湾アクアラインの時の軍資金もまだ返していなかったのにと悔まれた。部屋に戻るとすぐにシャワーを浴びて、酔っ払った勢いでか、そのままグッスリ眠る事は出来た。そんな失態の後、翌朝からはロンドンでの研修勤務第一日目が幕を開けたのである。

「オオッ、ヨオオコソイラッシャイマシタ。Mr　松村、アンドMr　福富ネ？　東京ノ柿内エージェントノ紹介ト聞イテイマス。コチラヘドウゾ」

運の良い事に上司となるジョージ水原《みずはら》は日系二世で日本語が少しは上手く話せたのだ。

しかしその後研修室に通され動画やスライドを使いこの会社の概要やアパレルの仕事内容を説明されたが、それは全て日本語とはいかず松村の通訳も多々必要だった。

「な～に、聞くところに寄れば工場での実地作業は単純そうだからすぐに慣れるさ」

松村はフン、と言う様に鼻であしらったが浩樹にしてはそれも慣れるまでが大変だった。

その月曜日は事務的な説明や書類作業、隣接したアパレル商品生産工場内を見学して終わった。だが火曜日からは研修とはいえ実際の仕事につかねばならなかった。

縫製は難しいらしく簡単な布の切断や梱包からだったがそれも給料がアルバイト的に支払われるし、売れ筋や流行アイテムを観察したり生地に触れてみたりは出来るので貴重な経験である。浩樹は後々の参考にと思い休み時間に細かくメモを取ったりした。

とはいえその間も言葉の壁には四苦八苦しながらであったのだが。

「どうだい。少しは専門英語にも慣れて話せる様になっただろう？　修業させて貰ってるんだから文句も言えまいがな。ドンマイ、ドンマイ。ハッハッハ」

などと何故か別部門に配属された松村は相変わらず意地悪とも取れる見下し目線であった。だが今は怯んでもいられない。それ以後も毎日厳しい日々が続いたが、昼と夜は社内食堂で安く食べられたし、その内朝食や、休日の食事などは節約して自炊する方法も覚えたのである。

そしてそんな生活が一～二ケ月間続くと、仕事にも英会話にも少しずつ慣れゆとりが出てきた。

しかもその頃になると松村がいなくても一人で出歩く事も出来る様になった。ジャパントラベルセンターへ行きバッキンガム宮殿などの地図やパンフレットを貰ってきたりもした。

『豪華なバッキンガム宮殿もいいけどな。エリザベス女王所有だったウィンザー城もあるじゃないか。アア、あの時茜は城巡りをしたいと言っていたけれど？　別行動をしてももう松村さんに許可を得る必要もないんだし。十万円も貰ってるんだから一度ロンドンへ呼んでやろうかな？』

などと思い付くと、急に心が明るくなり余裕で顔がニンマリと綻んだ。

しかしそれから暫くして、ロンドン在住四ケ月目になる、とある日の朝だった。

松村が突然、東京本社へ一人で一時帰国すると言ってきたのである。

「今までの成果を柿内部長に報告し、今後の研修予定に付いても相談してくるよ。何も二人で行く事もない、フライト代などの経費も節約になるしな。三～四日で帰るから、君はここで何時も通り行動して頑張っていてくれたまえ」

「そうなんですか？　松村さん一人で？

でも今後の予定ってまさか研修期間がこれからもっと延長になるなんて事はないですよね？」

「そりゃあ半年やそこらでは充分な効果は得られないし、又さらなる目標に向かっての延長だって有りうるさ」

「エーッ、さらなる目標に向かってって何ですか？」

浩樹にしてもソロソロ日本食や茜が恋しく、会いたくなってきていた。後一ヶ月だと思い頑張ってきたのにそう言われてギクリとした。

「今後の方針は心配しなくても部長や営業企画部が決めてくれるさ。そういえばフロントの受付係、戸樫君は僕だけでなく君とも懇意にしてたらしいな？　君の代わりに僕から何か伝言しておこうか？」

「エエッ？　別にそれはお構いなく。それより柿内部長には宜しくお伝え下さい」

松村が自分と茜との関係を何故？　何処まで知っているのかは見当が付かなかったが『僕だけでなく』、などとはどういう意味なのか？　彼は実際自分本位で茜に嫌われている事に全く気付いていないのでは？　と推測した。

「アッ、そう。じゃあ戻る時には君の好物の関西風漬け物とか和菓子でも土産に買ってくるよ。

楽しみにしていてくれたまえ。ハッハッハ」

その翌日、松村は浩樹の知らぬ間にエレファントハウスから出て、颯爽と日本へ旅立って行ってしまった。

空港へ見送りに行こうとも思ったが、「それには及ばない。君のするべき業務を優先させてくれ」などと断られてしまったのだ。

一人取り残され淋しい気もしたが、今は最初の頃と違い簡単な英会話にも大分慣れた。

同じ職場の労働者からも、ヒロ、ヒロと親しく呼ばれ、仕事上でも声を掛けてくれたり頼りにされるまでに進歩成長していた。それ故浩樹なりにロンドンで楽しく有意義な時間を過ごせていたのである。

ところがそれから三日後、松村がソロソロ東京から戻る頃だと心待ちしていた時の事だ。

「ヘイ、ヒロ、ヒロ、オーマイガッド《（大変だ）》！　ドウユーノウ《（貴方は知っているのか？）》？　Mr松村キャントカムバックヒヤー《（松村氏はここへ帰って来れない）》、ヒーウオズ　キルド　バイ　サムワン　イン　東京《（彼は東京で誰かに殺されたのです。）》」

「エッ？　ジム、今、何と？　松村さんは帰ってこれない？　東京で誰かに殺されたって？　まさかそんな？」

上司の水原から伝え聞いた、仲間のジムが浩樹を呼びに来たが、仕事の手を止め信じられないでいた。するとその後東京の柿内部長から直接浩樹に国際電話が掛かってきた。

「オオッ福富君だね。大変な事になった。

実は松村君が練馬区の高架歩道橋の上から転落死してしまったんだ。誰かに後から突き落とされたらしいんだが、事件か事故か？　その誰かがまだ分からず、今も警察が社内捜査に立ち入りてんやわんやだよ」

「エーッ、じゃあ亡くなったのに本当だったんですね？　事件か事故って、でも松村さんがどうしてそんな事に？」

「ホラ、君も知っているだろう。松村君が君の代わりにアプリ契約を貰った練馬衣料品店の親爺さんね。

一昨日電話が入って、売上が順調だからすぐ隣の駐車場に店舗を増設したい。相談に乗って欲しいから来てくれ。と言ってきたんだ。その時偶然ロンドンから会社に戻ってきていた松村君がその話を聞き、以前の事もあるから自分が行くと積極的に引き受けてくれた。それで頼んだのだが、突き落とされたのならどうもその帰り道だと思う。

事件の三十分程前には、親爺さんとの話は上手く解決した。と彼から連絡が入ってきていたしね」

「練馬衣料品店さんからの帰り道にですか？

でも何故そんな歩道橋で？」

「そうなんだよ。それも何故かハッキリしない、下へ転落した時、その現場を見ていた通行人がすぐに救急車を呼んでくれたらしいが、病院へ運ばれた後、打ちどころが悪かったらしく結局出血多量で助からなかったんだよ。

周囲の車や人を巻き込まなかったのがせめてもの救いだったんだが。それにしても彼に同行した筈の、受付担当の戸樫君は、一緒にいて何も知らなかったとは思えないのだがね？」

「エエッ？　部長、戸樫さんがその時彼に同行していたんですか？」

浩樹は突然予想外な茜の名前を聞きパニクった。

「ウン、そうだよ。松村君が言うには、頑固な親爺さんをこちらのペースで説得するには美人で感じの良い戸樫君を秘書代わりに連れて行きたい。その方が場も和み話も上手く纏まるだろうから。などと頼むのでね。

戸樫君も事情を聞き、会社の為ならと渋々承知してくれた。

ところがだよ。その戸樫君なんだが、事件の後になっても会社に戻らず、そのまま今日もまだ出社してこない。何故だか携帯も電源が切ってあるし、連絡も付かず、全く事の詳細が分からない。もしや君の方に彼女が何か言ってきてないだろうか？」

部長も浩樹と茜が交際している事は以前から薄々感付いていたらしく、そんな質問を投げ掛けてきた。

「イヤッ、部長、それは無いです。ここ最近何も連絡は取ってないですけど？　まさか彼女の身にも何か？

とにかく僕から今すぐメールしてみます」

部長は余分な事は言わなかったが、浩樹としては松村の事件で茜が疑われているのでは？　と急に嫌な妄想が浮かんだりした。

そして、それから何度も茜にメールを送信してみたが返答はなかった。直接の通話は高く付くので殆ど国際ＳＭＳで、ショートメールでのやり取りをしていたが、今までは少なくともその日の内には返事が戻ってきた。それがそれから二～三日過ぎてもウンともスンとも言ってこないのだ。

『これはやはり可笑しいぞ？　一体どうなってるんだ？』

こうなると茜の身が心配でいても立ってもいられず今すぐ東京へ飛んで帰りたかった。

しかしそれから二週間後、ヤキモキしていた浩樹は突然その東京本社へ呼び戻されたのである。

研修期間は定められた半年には満たなかったが思うに人材育成の中心人物、松村の死亡により計画を頓挫するに至ったのであろう。

それでも浩樹にとっては却って有り難く感じた。

「部長、福富です。只今ロンドンから無事帰りました。

一応その報告まで。それで早速なんですが、松村さんの事件はその後どうなりましたか？　歩道橋から突き落とした犯人とは一体？」

本社に戻ると早々に、茜の事を含め気になっていた事柄について柿内部長をせっかちに問い詰めた。

「アア、お帰り、福富君、今までお役目御苦労だったな。実はその事なんだがね。いいから落ち着いて先にお座り。君も色々と大変で疲れただろう」

部長は申し訳無さそうに浩樹に労いの言葉を掛けてから、事件のあらましや、判明した犯人に付いて率直に明かしてくれた。

「僕も驚いたんだが、突き落としたのは、あの練馬衣料品店の長男、名前は横川賢司《よこかわけんじ》といってね。

君も顔位は見た事もあるだろうが、普段仕事もせずに外車を乗り回したり、ブラブラ遊び呆けていたらしいが、親爺さんはそんな賢司に跡を継がせようと楽しみにしていたんだ。これも当社専門雇用の弁護士に聞いた話でね。ところが賢司はそのつもりはなく、店の拡張には反対で、先々は駐車場に大掛かりなゲームセンターを建て、そこのオーナーに納まりたかったんだよ」

「賢司君？　それなら僕も店に行った時親爺さんと何か言い争っているのを二〜三度見ましたが松村さんはきっとそんな彼を知らないと思います」

「そうだろうな。松村君がおやじさんと話し終えて、店を出てから少し歩き、そのまま歩道橋に上ったんだ。

勿論、その時は戸樫君も彼の後に付いていた。ところがその二人の後から、父親とのやり取りをこっそり見ていた賢司が追い掛けて行き、そこで松村君との揉め事が起きた。と言うんだ」

「歩道橋の上でその二人がですか？」

「店舗拡張の話は無かった事にして、これ以上父親の相談に乗らないでくれ。と賢司が頼んだらしいが、松村君は何故かその時聞く耳持たず無視したという。その余りの態度に腹を立て摑み掛かろうとした時、避けようとした彼を誤って下へ突き落としてしまったというんだ」

「それじゃあ、賢司君は松村さんへの殺意はなく、事故扱いになるのでは？」

「松村も咄嗟の事で除け切れなかったみたいだが、賢司の言い分を無視したとはどういう事か？　本当なのか？　と弁護士から賢司に詳しく聞いて貰った。すると、どうもその時、彼は橋の手すりに凭れながら戸樫君を熱心に口説いていたらしい。付き合ってくれ、とか結婚して欲しい。福富の様な見込みのない奴より俺の方がよっぽど将来性もあり幸せに出来る。などとね」

「エエッ？　部長、松村さんがそんな酷い言い方を？　見込みがないって僕の事を？」

浩樹は呆気に取られたが、エリートとはいえあの自信家で、押しの強そうな松村なら、やり兼ねない。茜の気を引こうと、熱心な余りもしかしたら突然話し掛けてきた賢司が誰かも気付かなかったのではないか？　松村が亡くなった今となってはそれも確認するのは不可能であったが。

「それでその戸樫君の事だがね。松村を殺してしまったと思い込んだ賢司は、すぐ横で成り行きを見ていた、しかも慌ててその場から逃げ去ろうとした彼女を捕まえ、恐喝して携帯を取り上げた。

『いいか。今見た事は誰にも言うな。親父に知れたら困るから会社にも黙っていろ。何も知らないと言うんだ。もし会社にバラしたら後を付け回しておまえも殺してやるからな！』

それで戸樫君はどうしていいか分からず、会社にも出社出来ず迷った挙句仕方無く身を隠したらしいんだ。

何しろ話を聞いて相手は会社にとってもお得意さんの息子だと分かり恐かったんだろ

う」

「エエッ？　そ、それは本当なんですね？　じゃあ戸樫さんは携帯も取り上げられていて？　それでその後全く連絡が付かなかった筈だ。それに彼女の事だ、僕に話しても結局会社に通じるだろうし、回り回って迷惑を掛けたくないと思ったからかも知れない」

「そうかも知れんな。それにしても全く気の毒な事をした。あんな事件になるのなら彼女を松村に同行させるんじゃなかったよ。それともう一つ後で分かったんだが、どうも他の社員でなく君をロンドンに推薦したのも、君を戸樫君から引き離そうとしたかったらしいんだ。

社内ではそれも専ら噂になっていたというが、最近になって僕も耳にしたんだ。ただの噂だろうと思っていたが、事実なら上司として面目ない話だ。君には大変申し訳なく思っている」

柿内部長からそんな話を聞き頭を下げられたので、流石に浩樹は驚き困惑した。

「イイエ、そんな、僕は今まで充分、ロンドンで貴重な経験をさせて貰えたし、気にしないで下さい」狼狽えながらそう答えるのがやっとだった。

「それでその賢司だが、事件後二〜三日は友人の家に隠れ住んでいたらしいが、結局親爺さんに見つかり一緒に警察に出頭してきたんだよ。

その為全てが明るみに出たんだ。

勿論練馬衣料品店の拡張話はすっかり立ち消えになり、松村君も今はもう亡くなって会社にはいない」

会社の損害も大きいと部長は嘆いていたが、それとは別に、「もし彼女の所在が分かり連絡が取れたら、君から伝えてくれ。同じ受付係に戻って来て欲しいから」と頼まれたのである。

「ハイ、分かりました。それならもう一度アチコチ心当たりを捜してみます」

そうは言ったもののもどかしい気持ちばかりで前のアパートは引き払い、以前の携帯も持っていないのなら今や何処をどう捜せばよいのか見当が付かない。

部長もあれから隠岐島の実家に何度も電話を入れてみたが、母親や弟が出てくれるものの、島には帰っていないし、最近連絡も無い。まだ東京にいるのではないか？　などの一点張りで直接の話は出来ていない。と言うのだ。

それでも何とかしなければと焦る心を抑えながら、とにかく元の営業部に復帰させて貰い仕事に精を出した。

しかし本社で心機一転とは言え、浩樹がロンドン研修で得た知識や経験の努力はここでの営業成績には特に反映しなかったのである。

そしてそのまま三ケ月が過ぎた頃である。ノルマは達成出来ず以前と相も変わらぬ成績を見兼ねてか、又もや柿内部長からのお達しが出た。

「ヤア、福富君、急に呼び付けて済まん。君の努力は認めるが、実は折り入って相談がある。我が社と提携関係にある、豊島区巣鴨のユニクロショップが現在人手が足りず困っているそうだ。

従業員を三～四名募集していると聞いたがどうだろう？　君はそこに再就職してみたら？」

「エッ？　部長、僕にそのユニクロショップの店員になれと？」

「そう。山手線で行くといいよ。ここでは生かせなかったロンドンで得た知識も役に立つかも知れないし、そこでなら君の不得手な接客術も充分学べるよ。

残業はあるが給料はその分結構いいらしいんだ。

残ったままの百万円の借金もここにいるよりは早く返せるんじゃないか？　それで良ければその後の事は又何かと相談に乗らせて貰えるしな」

やはり左遷か？　しかも事もあろうにユニクロショップの店員とは？　解雇ではないのでこれも部長の温情なのだとは思ったが、それでも流石にショックが大きくすぐに返事は出来なかった。

とはいえこのままでは確かに百万円は当分返せそうになかったのである。

部長には暫く考えさせて欲しいとだけ告げ、その場から逃げる様に退散するしかなかった。

思えば、自分は入社時は第一線であるデザイン企画課を目指していたのに、結局体良く振り回されているだけで目指していたエリートには足元にも寄れないし、それどころか今は完全に脱落者ではないか？

その日は一日中パソコンに向かいながらボンヤリしていたが、帰宅後は、夜も眠れず寝返りを打ちながら不甲斐無い自分を責め腹を立てるばかりだった。

しかしそんな時になってふと茜の笑顔が目の前に浮かんできたのである。『今頃、何処で何をしているんだろうか？　元気でいてくれるといいんだが？』

深く溜め息を吐いた時、ふと二人で一度だけ行った事のある東京湾に注ぐ多摩川辺りの光景を思い出した。

知り合ってまだ間もない、六月頃、新緑の中、休日を利用して少しだけ二人でブラブラ散歩した事がある。初デートと言える程のものではなかったが、河川敷では釣り糸を垂れている大人が二～三人、川原ではバーベキューをしていて子供達が楽しそうにはしゃいでいた。それを見ていたあの時の茜は明るく嬉しそうで笑顔も屈託無く輝いていた。

『そうだ。そう言えば明日は土曜日で出勤しなくていいんだ。

気分直しに一人で行ってみよう』そう思い付いた。

今はあの時と違い九月だったが、何故か突発的にあの頃が懐しくなり、電車を乗り継いでフラリと足を向けてみたのである。勿論、そこで万が一にも茜に会えるとは思ってもいなかったのだが、やはりその通りであった。

「もしもし、そこでゴロリと寝転がっている若いお方はん、隣を宜しいかな？　ここは何時もは儂専用の特等席なんやわ」

浩樹は日の当たる河川敷に寝そべり、ポッカリ浮かぶ空の雲をボンヤリ目で追っていたが、突然頭から男のしゃがれた声がして飛び起きた。

「エッ、特等席？　すみません。僕はすぐ帰りますからどうぞ」

見れば目の前に白髪頭に白い顎髭の老人が目を細くしてニンマリ笑っている。

「ええから、ええから気にせんと待ちなはれ。それよりあんたはん何処からおいでやした？」

余程珍しかったのか、浩樹の顔をジロジロ覗き込んだ。

「ハア、僕は別にただの会社員、いや店員というか」などと言葉を濁し老人をチラリと見た。

「儂かね？　儂は川のあちら側にテントを張っているただのホームレスじゃよ。ここ数年アチコチ放浪しているが、元々は京都の生まれでな」

「エッ？　京都、京都なんですか。実は僕も」

思わず言葉が先に飛び出た。

よく見れば服装は着流しに赤のチャンチャンコ姿、ホームレスとはいえ、いやホームレスだからか？　奇妙な出で立ちだったが言葉の端々に出る京都弁につい親しみを感じてしまったのだ。

「オオッさよか？　何や儂と同じ匂いがしてな。

それであんたはんに強力に引き寄せられた筈やわ。それにしても鼻に皺を寄せはって、一人でこんな川原に寝そべるとは何ぞ訳ありやな？　同郷のよしみや。誰にも言わんよって儂に話してみたらどうや？」

「そんな、僕は京都出身とは言っても実家から家出同然に上京してきた親不孝者ですから。そのおまけに借金も拵えてしまって」

名前こそ名乗らなかったがついポロリと本意が出た。

「これは失礼をば。長年のお節介癖でな。今、家出同然と言わはったが、そないな事は若い者にはよくあるパターンじゃ。気にしなさるな。そやけどその様子では色々と苦労しなさったんやろ？　東京とは昔の江戸じゃ。

今でも変わらず生き馬の目を抜くと言われる程の忙しない都やわ。隙を見せればアッという間に足を掬われる。そりゃあ京育ちのボンにはまっことしんどいおますな」

「エエッ？　そんな事までよく御存知ですね。でも貴方は？」

ホームレスにしては何処か威厳があると思ったか何か心を見透かされた気もした。

「ハッハッハ儂の名かね？　元々は坊主でな。何なら一休宗純《いっきゅうそうじゅん》、一休とでも覚えて下されや」

「一休宗純？　ええと、何処かで聞いた様な？　そう言えばそれは今でも名高いトンチの一休さんの事では？」

「オウッ、流石に京のお人じゃな。よう知っておられるわ。それはそうと、儂もここ二〜三年は関東地方やアチコチをブラ付いたが最近は高齢になり足腰もガタ付いておる。ソロソロお迎えが来る頃やと思うてな。その前に一度生まれ育った京の町に戻りたいんじゃ。五山の送り日のあの雄々しい大文字焼きが見とうてな。ずっと目に焼き付いていて離れんのだわ。今年は運悪く夏風邪を拗らせて寝込んでおったが来年こそは必ず行こう決めとるんや」

「ハァ、大文字焼きなら知っています。毎年八月十六日の夜左京区如意ケ嶽などで焚く、お盆の精霊を見送るという行事ですね？」

「そうじゃ。その大文字焼きじゃ。どうや、何ならあんたはんも行かへんかいな？　どないな事情があるかはさておいて、帰れば御実家の父はん、母はんもきっと手離しで喜ばれるんと思うが違うんか？

　これも折角の御縁じゃわ。来年の八月十六日の夜儂は渡月橋の袂であんたはんを待つ事に致そう。宜しいかな？」

「エエッ、来年のお盆、八月十六日にですか？　急にそう言われましても先の事は？」

「今は九月じゃな？　借金があると言わはったが来年のお盆までは一心不乱に働いてどないしても返しなはれ。ほならあんじょうお気張りやす・・・・・・・ウワッハッハッハ」

　一休宗純などと名乗ったその老人は、それだけ言うとウワッハッハと声高らかに笑い、キョトンとして呆気に取られている浩樹に背を向けた。そして一人河原に残された浩樹は良くも悪くも呆然と後ろ姿を見送るしかなかったのである。

無論一休宗純など勝手に付けた偽名であろうと思った。しかしそんな奇妙な出来事に刺激されてか、転職について悩んでいた浩樹は、やっとユニクロショップで働く決心が付いたのであった。

柿内部長にもその事を伝え、十月一日からの初出勤となった。

けれどそれからがヤバかった。上司となった岡島から接客態度がなってないと初っぱなから怒られ、途中入社でも新人同様一から十まで厳しく教えられ叩き込まれたのである。

「ハイ、笑顔笑顔、そんな苦虫を噛み潰したような顔は厳禁で、懇切丁寧にね。小煩い客にはなおさらです。

それで気に入って貰えれば必ずリピートしてくれる。だからと言って態《わざ》とらしく無理にペコペコ、何度も頭を下げればいい訳じゃない。自然に礼儀正しくね」

などだがそれらは別に今までの営業経験で言われなくても充分分かっている事ばかりなのだ。今更とは思ったがその考えは甘かった。

今までの社長、店長でなく相手は千差万別の個人客、無礼千万で明白に言いたい放題の輩《やから》もいる。プライドがどうのとも言っておれず日々、忙しくも緊張の連続であった。

「毎日の売上の他に就業記録を残し、気付いた要点や反省も忘れず記して僕に見せなさい」

今思うと福富屋にいた頃は両親の上手な接客態度を毎日見ていた筈だが、自分は甘やかされていて、それを覚える気は全くなかったのだ。それが今になって、遠慮なく赤の他人から強いられ、教えられるとは非常に情け無い話である。だがこれも借金返済の為だと思えば仕方ない。とにかく我慢、辛抱で何糞と、ただただ必死に働くしかなかったのだ。

そうなると茜の行方も気掛かりで捜したかったが、それどころではなかった。その事ばかりはただ焦るばかりで辛かったが。

しかしそんな過酷な毎日に耐えて半年が経った頃、浩樹の表情が以前とはガラリと変わった。生き生きとして引き締まってきたのだ。そしてそれに連れ、一皮剝けた様にキビキビ働く浩樹の姿が見られた。

注文の難しい客の対応にも慣れてきて上手く立ち回り、頻繁に訪れる外国人客にはロンドンで覚えた英語力が随分と役に立ったのである。

厳しさの中で次第に磨かれたというか。そんな努力が功を奏して、徐々に働き振りを岡島にも認められ、それによって自分にも自信が付き、益々頑張れた。その内何と、気が付けば借金もすっかり完済出来ていたではないか？　これも七月の始めに出たボーナスが思ったより多く貰えたからでもあった。

その時は流石にやっとホッとして胸を撫で下ろしたが、それから数日後の事だ。仕事中に岡島からポンポンと肩を叩かれた。

「福富君、今ちょっといいかね？　君は近頃売上にも可成り協力してくれているし良くやってくれている。

最初は性格も暗くどうしたものかと心配したが、それも取り越し苦労の様だ。今や社員の鑑的存在でもあるし、実はね。それで君を近々オープン予定計画になっている新店舗の店長に推薦しておいたんだよ。

その事を一応君に報告せねばと思ったのでね」

「エーッ、岡島さん。そ、それは本当ですか？　でも僕なんかでいいんですか？」

それは信じられない今までに無く喜ばしい、吉報であり、浩樹のテンションは上がりに上がり捲ってしまった。

「それはいいんだが、君は上京以来一度も両親の元へ帰ってないそうじゃないか？　推薦する書類上、信用出来る保証人が必要なので、他に誰もいないのなら一度実家に戻り御両親に報告して頼んでみたらどうですか？」

「ア、ハイ、それは尤もですね。分かりました」

岡島に言われて成る程と頷いた。東京には誰一人身内がいないし今までは何とかなったがこうなればもう京都にいる親を頼るしか方法がなかったのである。

「お盆休みがすぐだから行ってきたらいいよ」

岡島はそう言ってくれたが、そんな時になって、家を後にしたあの日、父親の利樹が見送ってくれながら自分に投げ掛けた言葉を思い出した。

『修業やと思うて気張りなはれ。但し期限は三年やで。三年したら必ず戻らんとあかん』

そう言えば今年の三月で三年になるのだが、それも今はもうとっくに過ぎている。それに最初の頃は美十子が月に何度も電話してきたが、それも自分は忙しくてうっとうしく、無視していたら諦めたのか。最近は何も言ってこなくなっていた。自分がロンドンに行っていた事なども何も知らない筈なのだ。

けれどこうなってみると一旦は帰らざるを得ない。

それに去年の九月頃多摩川辺りで出会ったあの不思議なホームレスの顔も思い出した。

本家本物の一休宗純とは？　臨済宗の禅僧で、後にトンチの一休として名を知られたのだが、本来は百代、後小松天皇の皇子で高貴な身分なのである。

それを勿体無くも名乗るとはどういうつもりだ？　時代からしても真っ赤な偽せ者とは分かるのだが、それにしても何処となく上品でホームレスにしては風格があった様な？　不可解だが、尤もらしく説教してくれたお陰で、それがきっかけになり転職して借金も返済出来たという経緯なのであった。

『ああは言っていたが、彼は本当に八月十六日、「五山の送り日」の夜、渡月橋の袂で自分を待っているのだろうか？　それとも面白がってからかっただけなのか？』

未だに判断が付き兼ねたが、とにかく実家には戻らねばと思い、八月に入ると色々里帰りの準備を始めた。そしてやっとその出発間際になった時だ。

「ヤア、福富君。久し振りだが元気そうだね？

先日で例の百万円は確かに全額振り込み完了となったよ。

そちらでは色々と大変だったろうに有り難う。

店長の岡島さんに聞いたが新店舗の店長のイスが決まったんだって？　お目出とう。よく頑張ったよ。とにかく良かった」一年振りに柿本部長からの電話連絡があったのだ。

「ハイ、こちらこそ部長には本社で色々お世話になって有り難う御座いました。心配をお掛けしましたが元気でやっていますよ。実は店長に勧められて明日から数日間は京都の実家に戻ろうと思いまして」

「ホウ、それはいい事だ。それならきっと御両親も喜ばれるだろう。

ところで話は変わるが戸樫君とは連絡は付いたのかね？」

「ハイ、それが中々、時間の余裕がなくて、まだ手掛かりもありません。実家に戻った後で直接隠岐島へ行って確かめてみようと思ってるんですけど」

「そうか、ならもし彼女に会えたら宜しく言っておいてくれ。あんな事になったままで責任上、一度は謝りたくてね」

「分かりました。有り難う御座います」

久し振りの柿内部長からの電話は嬉しくもあったが、忘れ掛けていた事件に付いても今頃になって気になる事が頭を過った。

『ロンドンで研修中のあの時、松村が一人で本社に戻りたかったのは何故か？　その理由の一つには自分を差し置き茜にプロポーズしたかったからではなかったのか？』

しかし今はそんな事はどうでも良かった。一旦実家に戻り、それからなら二～三日は茜を捜す時間が取れると考えていたのである。

そして翌、八月十六日早朝、浩樹はアパートを出て久々に東京駅へ向かった。

運良く新幹線の窓際席が取れたのでドッカリと腰を下ろし、出発してからは過去の、生家での日常などをアレコレ思い出していた。

『音沙汰は無かったけど両親はまだ共に元気だろうな？　たかが三年とちょっと留守にしただけだ。自分と違い親孝行な美江は相変わらず店を手伝ってくれているんだろうな？　それとも嫁入り話でも？』

掛かってきた電話には出なかったので様子は全く分からなかったが、それでも故郷に帰ると思うと急に懐しさが込み上げてきた。

多分喜んで迎えてくれると思うが最初にどうやって謝ろうか？　などと考えている内にウトウトして眠ってしまったが、その間に数時間が過ぎ何時の間にか忘れもしない故郷の京都駅に到着していた。

慌てて飛び起きたが、時間は昼を過ぎていたので先ず駅近くのラーメン店に入り腹拵えをする事にした。

だが昼間から実家に堂々とは何故か気が引けて、夕方こっそり覗こうと思い直し、暫く時を潰す事にした。

フラリと地下鉄の烏丸線に乗り、学生の頃友人達と二〜三度入った京都鉄道博物館内を覗き、展示室をグルリと廻ってのんびり楽しんだ。

その後一旦外に出て、又地下鉄で上京区まで行くと勝手知ったる晴明神社やその周辺などをブラブラしたりして、懐しさに心も解れた。

実家はそこから徒歩でなら三～四十分の距離であったが、今までの不義理を思い暫くマゴマゴしていた。

しかしそうもいかずそれから思い切って、足を向け、夕方五時頃には福富屋の店隣となる玄関前に立っていた。

ところが想定外な事にその玄関は施錠されていて、チャイムを何度押しても誰も出て来ないのだ。

お盆休みなので店のシャッターが下りているのは当然だったが、しかしこんな時間に誰もいないとは珍しい？　庭の木々も別段変わらず同じで、店前に置かれたプランターには夏の花々が色鮮やかに咲き乱れている。

買い物とか、近くの神社か寺へ参拝位か？

確かにその上京区には昔のままの神社仏閣が多い。北野天満宮、平野神社、妙心寺、少し行けば世界遺産の金閣寺それに、龍安寺、仁和寺、中京区に行けば東映太秦映画村、広隆寺を左に見て嵐電、嵐山本線で、終点の嵐山まで行けば、そのすぐ先に渡月橋がある。人気の竹林の道もそこからは割と近い。

しかし家族の誰か一人位はその内戻るだろうと予想して、一時間位ウロウロしながら玄関前で待ってみたがそれでも誰一人として姿を見せないのだ。

仕方無く今日の予定を変更し、先に渡月橋へ向かってみようと思った。

『今夜はあの老人が言っていた様に「五山の送り日」大文字焼きもある。

本当に彼が来るか来ないかは定かではないが、そこで又少し時間潰しをしてからなら家族もきっと家に戻っているだろう』

例年通りなら、今夜八時には左京区の如意ケ嶽東山には「大」松ケ崎に「妙・法」西賀茂に「舟形」大北山に「左大文字」嵯峨には「鳥居形」などの篝火が焚かれ、炎が浮かび上がる。そしてこの夜松明の火を空に投げ上げ虚空を行く精霊を見送る。それが古くから京都に伝わる夏の風物詩なのである。

そう言えば以前茜にこの大文字焼きの話をした事もあった。

一度見てみたい。とはしゃいでいたが？　と思い出し、小さく溜め息を吐きながら、烏丸丸太町まで歩き停留所からバスに乗った。


「チョイト、そこの若いお方はん、先程からキョロキョロして誰ぞお捜しかえ？　もしや東京から来られたなら一休和尚をでは御座らぬやろか？」

渡月橋の周囲に結構な見物客で賑わっていたが、その辺りで見回していると突然後から声を掛けられたのである。

「エッ？　東京から？　一休和尚？」

慌てて振り向いてみれば、そこにはあの一休老人とよく似た年頃か？　坊主頭ではあったが別人が一人立ち、ニヤリと笑っていた。

「やはりあんたはんどしたか。一休和尚に頼まれましてな、少々遅れるよって暫くお待ち下され。との事ですのや。申し遅れましたが、わては一休和尚の一番弟子で休心《きゅうしん》言いますんや。宜しゅうにな」

ウワァッヒャッヒャッと甲高く、これも一休老人と似た様な笑い方をした。

「ハア、お弟子の休心さんですか？　ですがその師匠の一休和尚とは本当はどの様な方なんですか？　何故一休宗純の名前を？」

休心と名乗った男は、不審そうな浩樹の顔を見て又も面白そうにニヤリと笑った
「わても本名はよう知らへんのや。聞けば遠い昔の御先祖様が一休宗純様じゃとかでな。だからその意志を引き継いで善行を積んでおられるんじゃゃわ。

何でも応仁の乱以後、その戦いで亡くなられたお人方の魂をお慰めの為に「五山の送り日」が始められたと聞くがの、その四年後に、先祖の一休様は惜しまれて亡くなったんじゃと」

「応仁の乱ですか？　そういえば丁度その同じ頃、京都で西陣織が栄え始め重宝されたと以前父に聞いていますが？」

「西陣織？　さよかいな。そこまでは知りまへんが、きっとあんたはんとは何かの御縁ですやろ。

とにかく浮き世離れしたお方じゃが、時々はその尊い御先祖様達の供養にと京都に帰ら

れるんや。その度にこの郷里に住む、古くからの弟子であるわいに声を掛けてくれはってな」

　そんな話をしている内に辺りは次第に暗闇に包まれそんな時、当の本人がひょっこり現れた。

「オオッ、お二人共ここにおられたか。途中ちょいと京都御所に寄り道しましてな。

　それで遅くなってしもうて誠に申し訳御座らぬ」

「エッ、京都御所なら実家の近くに！」と、浩樹は言いそうになって慌てて口を噤んだ。それも多摩川辺りで出会った時に自分の詳しい素性や名前は知られたくなくて隠していたからである。

「代々の天皇様方に御挨拶をばな。じゃがその後鴨川沿いの霊園を通り過ぎようとすると、中から女子らしきすすり泣きが聞こえ、墓で経を唱え終えたらしく、寺に戻る住職とバッタリ出会してしもうたわ」

「鴨川沿いの霊園というと？」

「聞いてみると、何でも近くの老舗西陣織販売店の御主人が急病で亡くなられ、その御家族が寺へ供養に来て今、墓参りをされているとの事。

　まだまだお若いのに残念やったと嘆いておられたがのう」

「エッ？　そ、それは本当ですか？　老舗西陣織店の御主人が急病で亡くなったって？」

浩樹はそれを聞き何か悪い予感がしてギクリとした。

「そうらしいんやわ。さらに住職に尋ねると先祖代々から続く檀家で福富屋さんというお店の御主人さんとかでな」

儂も気の毒に思うて、墓の奥を覗くと線香の煙の立ち込める中、御寮はんとおはん二人が、仲良く肩を寄せ合い、手を合わせて泣きじゃくっておられた。」

「エエッ、お父はんが？　そんな、まさか？　それにとおはんが二人と言われても家には美江一人しか？」

余りにも信じられない話だった。浩樹は頭が真っ白になり体中がブルブル震え始めた。

「偶然通り掛かった儂も遠くから手を合わせ、お悔やみ申し上げた次第じゃよ。それにしても、もう一つ住職が気になる事を言っておられた。福富屋さんには確かボンボンが一人おられた筈。何処ぞに修業中と聞いたが親の死に目にも会えなんだとは誠に嘆かわしい事じゃ、とな」

「…………」

「何や、どないしたん。急に黙って涙流してはるが？　ホウ、その様子ではもしや？　もしやあんたはんが福富屋さんのボンボンと違うかいな？」

マジマジと不審気に顔を覗き込む一休老人の言葉に浩樹は流石にいたたまれずコックリと頷いてしまった。

「ハイそうです。黙っていて本当に済みません。ですがまさかお父はんが亡くなってるなんて？」

浩樹は涙ながらにこれまでの事情を打ち明け聞いて貰った。父親には三年と言われたのにそれを忘れて、今日になり1半年近くも過ぎて帰郷した事。母親からの電話と分かっていても煩く思い無視して出なかった事。なども。全て。

「フム、フム。お若いの。よう正直に話して下された。

去年、あの多摩川で出会い、何故か放っておけぬと口を出したが天のお告げか。やはり予想通りじゃった。

そやけど今更反省してももうどう仕様もあらへん。折角こうして帰られたんや。御実家に戻りせめて御寮はんととおはん二人を安心させてあげなはれ」

「ハイ、分かりました。そうします。でも先程から聞いているととおはんが二人と？　僕は二人兄弟で妹が一人しかいないのですが？」

話を聞いて貰い少し落ち着きはしたが、それが不思議に思え、項垂れていた顔を上げた。

「とおはんが一人？　何や二人は仲の良いお身内には見えたがのう？」

一休老人は首を傾げていた。だがその内急に目の前が明るくなり大文字焼きの炎が赤々と然え上がったのだ。

「オオッ懐しゃ、ゃっと始まったわな。ボンボンも丁度良いわ。

今暫くこれを拝んでから戻りなはれ。それからでも遅くはないやろう？」

「アッ、ハイ分かりました。ではそうします」

浩樹は涙で汚れた顔のまま、二人と同じ様に、山に刻まれた大文字焼きに向かって、静かに目を閉じ手を合わせた。

しかしそれから二〜三十分は過ぎただろうか？

気が付くと一休老人が隣の休心に何かボソボソ話し掛けている。

「ホラ、よく御覧休心よ。山裾から白い霧が立ち昇って行くのが見えるじゃろう。下々だけでなく、京都御所に戻られていた天皇様方の精霊も今、冥土にお帰りになられるんじゃ」

「白い霧？　オオ、見えますとも」

「如意ケ嶽の麓も今年は精霊様方で対した賑わいじゃ。ほの暗い魂は大昔の時代のお方。よく見ればあれは儂の御先祖の後小松天皇様じゃ。

ホレッ、その隣には後醍醐天皇様、古くは同じ隠岐島に流された後鳥羽上皇様が？

何々？

隠岐の墓から毎年瞬間移動して京都御所にいらっしゃると？

それは御苦労な事じゃわい、だがそれに重なる様に明るい光の魂が幾つか？　最近亡くなられた方の様じゃが、そのお一つと何やら楽し気に談笑しておられるぞ」

「流石に悟りを開かれた一休和尚ですな。わてには聞こえませぬがその後鳥羽上皇様は新しい精霊様へ何とお話を？」

「今年は隠岐から貴殿の家に大層見目麗しい土産を送り届けた故大切に致せと？」

「ホウ、土産？　何の事やらサッパリ分かりませぬな？」

休心はそう呟いたが、その横で聞くとはなしに二人の会話に耳を傾けていた浩樹も何もかもサッパリ分からなかった。ところがその後で一休老人の方から驚いた様に小声で話し掛けてきたのである。

「あの新しい精霊様はどうもボンの父はん、福富屋の御主人らしいんや。しかもボンの家の御先祖様と後鳥羽上皇様やその子孫、お身内は身分は違えどその頃から西陣織を通じて旧知の間柄、古き良き物は未来永劫忘れ難き宝じゃ、良しなにはからえと申されておったのじゃよ」

「エーッ、本当にそんな事を？　死者の話が分かるんですか？」

信じられない。浮き世離れした人だとは言われたが、とつい驚いて疑いの目を向けた。

「オヤッ、何だかんだと長話をしている間に大文字焼きも燃え尽きて精霊様方も天に昇られてしまったわい。名残惜しいが今年の送り火ももうこれで終わりじゃな。そうや。大分遅うなったがボンも早う御実家へお帰りなはれ」

「そうですね。じゃあこれで失礼します。今夜は色々と有り難う御座いました」

浩樹は別れを告げた後弾ける様に渡月橋から離れ足早に立ち去ろうとした。

だがそれを追い掛ける様に後から風が吹き抜け二人の老人のヒソヒソ話と笑い声だ流れてきた。

「送り火見物も今年で見収めかも知れぬわ。よう役に立ってくれ、御苦労でおじゃる。疲れた御先祖様方が儂を呼んでおられた。

じゃろうからソロソロこちらの世界に来てゆっくり休むが良いぞ。などと手招きしておいでな」

「左様でおますか？　それはお目出たい事で。ならば御安心下され。この休心も心置き無く、共々に昇天と参りますえ。宜しゅうにな。ウワッヒャッヒャッ」

「オオ、共に昇天か？　それが良かろうて。ウワッハッハッハ」

そんなこの世の者とも思えぬ会話に冷や汗を掻きながら、浩樹は逃げる様に駅まで一目散に走ったのである。


その後の事だ。

「ハイハイ、お待ち下はれや。何やこないな遅い時間にどなたはんどすか？」

実家の灯りが点いているのを確認してから玄関のチャイムを鳴らすと、中から美十子の懐しい声が聞こえてきた。

程無く引き戸がガラガラと開いて、そこで母親の美十子のびっくり仰天の顔と鉢合わせする事になった。

「あ？　あんたはんは？　マア？　誰かと思たら、浩樹、浩樹やないの？　やっぱりそやな？」

玄関に立った若者の顔をよく見ようと近寄って目をギョロギョロさせている。

「お母はん、僕です。浩樹です。遅うなってしもてゴメン」

しかし当人も久し振りの我が家の玄関に立ったものの母親の顔を見ると胸が詰まりそれだけ言うのがやっとだった。

「そうか。そうか。浩樹やっと帰ってくれたんやな。いいから遠慮せんと早う中にお入り。話はそれからや」

利樹が亡くなっていたのは一休老人から聞いていたので、嘘でなければ先ずはその話だろうと思い、遠慮勝ちに土間から廊下に上がったが、しかしそこには全く思い掛けない更なるサプライズが待っていたのである。

「美江、茜はんも、早うここへおいでやす。浩樹が帰ってきましたんえ」

『エッ今お母はんは茜はんって言った様な?』

美十子の言葉に面喰らっていると、何とすぐ奥の部屋から妹の美江と、戸樫茜、その人が二人して浩樹の前に一緒に走り出てきたのである。

「あっ、茜さん、あれ程捜していたのにど、どうしてここに?」

その時浩樹は思わず叫び目を疑った。

それが浩樹にとって茜との余りに予想外な再会だったのだ。

そして茜も嬉しそうに頷いたが、その目には大粒の涙が光っていた。

ところがである。

「兄さん、驚かせてゴメン。堪忍な。これには色々と訳があるんや」

駆け寄ろうとした二人の前を美江が遮り、早口に喋り始めたのである。

「先にうちに説明させてや。実は一年前お父はんがまだ元気な頃、うちとお母はんは商店街の親睦旅行で隠岐島へ二泊三日で行ったんよ。その時観光ガイドをしてくれてた茜さんと私が年も近かったから親しくなり旅館に戻った後、お互いに個人的な話になったわ。

その時、偶然茜さんが暫く東京にいて、しかも兄さんと同じ職場勤務だった事。兄さんと親しい関係だったのに複雑な事情で隠岐島に帰らねばならなかった。などと色々話してくれはったの。だけどそれも、妹の私やお母はんにまで偶然バッタリ出会うなんて不思議な運命の巡り合わせだと私も茜さんも本当にびっくりしたわ」

「エッ？　美江、親睦旅行で隠岐島に行ったって？　でもあの事件後柿内部長は何度も茜さんの実家へ電話したのに、そこにはいなかったと聞いたけど？」

するると茜が浩樹の前で、申し訳なさそうに手を合わせ謝る仕草をした。

「御免なさい。私はあの時は凄く混乱していて、松村さんも私が一緒でなければあんな目に遭わなかったのかも知れないし、しかも襲い掛かったのはお得意様の息子さんでしょ？『自分の事を黙っていろ。会社に話したら殺すぞ』と脅かされその上、携帯も取られてしまい、その場から急いで逃げるのがやっとだったのよ。

あの頃、遠いロンドンにいた浩樹さんに相談したかったけど、そしたら私との事も会社に知れて余計騒ぎが大きくなるとか誤解が広がったりして迷惑を掛けそうだった。結局会社にも顔を出せず、悩んだ末、何処にも当てはないし一旦実家に帰る事にしたの。でも暫くは誰にも居所を知られたくなくて遠縁の親戚の家に住まわせて貰ったわ。その家からその観光ガイドの仕事に通っていたのよ」

「そうか分かった。それで部長が君の実家に電話した時は君のお母さんや弟さんが出て、知らないとか、東京から戻ってないなどと言ってはぐらかしたんだね？」

　浩樹は今になってやっと謎めいていた茜の詳細を知る事が出来た。

「それはよく分かったけど、だけどそれからどうして茜さんは今この家に？」

　そんな問いに又美江が口を出した。

「それはね。何故かというと、茜さんと兄さんが恋人関係で、彼女から何時かは兄さんと一緒に京都に行きたい。兄さんもそのつもりらしい、と聞いた母さんがね『そんならここにいるよりは先に京都に来て浩樹を待ってはったらどうや？　浩樹は三年したら福富屋に戻る筈なんやわ。後少しやしな。それに浩樹には勿体ない、いい娘はんや。もし嫁はんになってもろたら父はんもきっと大喜びやがな』などと、何でか突拍子の無い早合点な話になってしまったんやけど。

　それでも茜さんはそれから一ケ月後には決心してこの家へ来てくれはったんよ。それで丁度人手も足りなくてお店の手伝いをして貰ってたんや。なのに兄さんは三年が過ぎても帰らへんし父さんは病気で亡くなるし、どないしようかと心配したけど、茜さんはそれでもずっと兄さんを信じて今まで隠岐島に帰らず待っていてくれはったんよ。

　だから本当に兄さんが帰ってくれて良かったわ。ねえ、茜さん」

　美江の声掛けに茜もホッとした様子で頷き笑顔を見せた。

それにしてもまさかこんな予想不可能な状況になっていたとは夢にも思わなかった浩樹は立ったまま座るのも忘れ驚くばかりだったが、二人の様子を見てふと思い出した。先刻一休老人が、霊園でとおはん二人を見たと言ったのは、この茜と美江の事だったのだ。

「ちっとも連絡が付けられへんし、手紙を出そう思たら、その前に療養中の父はんの病気が急変して亡くなってしもたんえ。ほんに残念やったけどな。とにかく仏壇に来て線香を上げなはれ。

こうして無事に帰ってきたんや。父はんもきっと顔を見て喜んで許してくれはるわ」

興奮も覚めやらぬ中。美十子の言葉に促され、利樹の位牌の前で手を合わせ涙ながらに深々と頭を下げたのである。

遅い時間になっていたが、その夜は茜が手早く作ってくれた夜食を頂き、風呂に入って死んだ様にグッスリ眠りこけた。三年半振りの我が家、家を出る前と全く変わっていない二階の懐かしい自室のベッドで。

「今日は疲れたんでしょ？　ゆっくりお休みなさいね」

そう優しく言ってくれた茜は、一階にある美江の部屋の隣、六畳の和室に荷物を置き寝泊まりしているという。

明くる朝には家族や茜と朝食を共にした。

「隠岐島も自然が豊か。海も目が覚める程美しいし、お魚も美味しいわ。でも京都は上品ではんなりしていて、それ以上に素敵。

京都育ちの後鳥羽上皇様が戻りたかったのもよく分かるわ。でも亡くなるまで島から出られなかったのよ。本当に残酷でお気の毒」

「フーン、後鳥羽上皇様がね」以前にも聞いた事のある様なセリフだったが。

その後《あと》で彼女に今までの出来事など色々打ち明けた。

しかし最初に聞いた通り、茜はとっくにこの世にいない後鳥羽上皇を敬い深く同情している気配があった。

それと重ね合わせて気になるのは、昨夜あの一休老人から聞いた奇妙な話だ。後鳥羽上皇が隠岐から何か見目麗しい大層な土産を貴殿の家、つまりこの福富屋にもたらした？　というのだが？　何処から何処までが本当なのか作り話なのか？　どちらにしろツラツラ考えてみても信じられないとは言え、隠岐島からの土産というのは茜以外、他にはどうしても想い当たらないのだ。

宗教的にはよく分からないが今は亡き後鳥羽上皇に対する茜の並々ならぬ親愛の情が、もしも何かの理由でその精霊に届いていたとするならどうだ？

回り回って偶然は単なる偶然でなく、茜はその精霊に操られてこの福富屋に連れてこられたのではないか？　何故か上皇がそれを良しとされたのでは？

しかも自分にしても偶然東京であの偽せ者の一休老人に出会い、気持ちが動かされ、操られる様に京都に戻った。それも丁度その時岡島から頼まれ書類に必要な保証人の話も出ていて何とも言えないが？

元来自分は、人の運命は良くも悪くも阿弥陀くじの様なものだと簡単にしかもネガティブに考えていた。だがこうなってみるとそれとは違う不思議な妄想に落ち入ってしまうのだ。

もしかしたら人の御縁或いは人生とは、張り巡らされた蜘蛛の糸にも似た意志を持つ運命の糸に操られそれは自分自身にも予想不可能なのでは？

ここに来てこの様な年寄り臭い非現実的な妄想に左右されるなど、何なのだ？　忙しない東京にいた時と比べ久し振りに気持ちが安らぎのんびりした所為かも知れない。と思い直し自分でも可笑しくなった。

「浩樹さん、お茶、ここに置くわね。それと洗濯物があったら先に出してくれる？」

気が付けば茜は甲斐甲斐しく動きまるで若奥さんみたいにこの家に溶け込んでいるではないか。

そしてその後アッという間に一ケ月が過ぎ、浩樹はというと、東京には戻らずそのまま京都の実家で何事もなく暮らしていた。

「こないしてみると、店の仕事着用に拵えた和服もよう似合うて、父はん、そっくり。立派な十五代目やわ。父はんもきっと今頃草葉の陰で喜んではるわ。帰ってくれはってほんまに有り難うな」

「そないに似合うてるか？　そならお父はんの代わりに気張らんとあかんな？」

利樹も亡くなり茜も今は遠い隠岐島から自分の為に来てくれているし、今更東京に戻れず、こうなれば立場上福富屋の十五代目に納まるしかないのだ。

しかしユニクロショップの岡島からは、あれから繰り返し戻ってきて欲しい。と電話口で頼まれた。

だがこちらの事情が事情なだけに、申し訳ない。と何度も陳謝して結局退職届を送付するに至ったのである。

これも予想していなかった成り行き上で仕方の無い事だった。だが今思うと上京してからの三年半は色々な経験をし辛くもあったが無駄にはならず、結果的に利樹の言う修業になったのは事実である。

「お母はん、茜さんもこれ見てよ。兄さんが考案した西陣柄のワンポイントTシャツですって」

「ああ、それね。ロンドンで見た流行のワンポイントシャツが大量生産で激安だったので飛ぶ様に売れてたんだ。ユニクロでも同じ様な製品が結構売れ筋だったし、西陣柄を上手くアレンジしてみたらどうかと思ってさ。これなら実用的だし値段も一般の人や外国人客にも手頃じゃないかな？」

「ウンそうよね。今はどんな絵柄も簡単にプリント出来るし、いいアイディアだと思うわ。それにしても浩樹さんがロンドン研修に行った事は知ってるけど、まさかその後で巣鴨のユニクロショップで働いていたなんて思いもしなかったの。でも店長に抜擢されるなんて凄い！　本社での営業は大変そうだったけど、そんな苦労がやっと実ったのね。偉いわ、尊敬するわ」

茜が目を見張って、褒め称えてくれた。

それは余りにこっ恥ずかしいというか顔が赤くはなったが悪い気はしない。お陰でそれ以後は俄然店の仕事に熱心になり、やる気も湧いてきた。

闇雲で多少の不安もあったが、こうなればとにかく福富屋の十五代目として店を盛り上げるしかないと必死に頑張ったのである。


それから半年近くが過ぎた頃になると店の売上が何倍になるとまではいかなかったが、以前の様なひっそりとした細々状態からは脱却し、店は常に活気に溢れる様になっていた。それも一つには浩樹がユニクロショップで学んだ接客術の成果でもあった。

「浩樹、茜はんもちょっとええか？　ソロソロ二人して縁結びで有名な今宮神社にでもお参りに行かはったらどうえ？

何なら祝言は平安神宮がええんとちゃう？

そりゃあ立派やわ。あの朱塗りの大鳥居、京都ならではの古式豊かな神前結婚式でどうだす？」

母親の美十子が時期を見計らった様に話し出した。

「そうや、お母はんの言う通りやわ。茜はんも結婚式には十二単を着てみたい。言わはったやろ？

下見に行く時はうちもお供しますえ」

確かに最近では御近所さんやお得意様達は茜を見ると若奥さんなどと呼んでいるし、浩樹はソロソロきちんとしなければとは考えてはいた。

それにしても何故か美十子ばかりか美江までが先んじて口を出してくる？

それもその筈で、後で分かった事だが、美江に近頃縁談話が舞い込んできていたからである。

お相手は浩樹より二歳年上、近くの呉服問屋の次男さんなのだそうだ。以前から美江は時々利樹や美十子と共に仕入れに行っていてよく働くとおはんだと感心し、見染めていたらしい。親の方からも是非にとの申し出があり、美江も何度か顔を合わせたり何やかや会話もした事があるからと、前向きに考えているという。

「中々気の良さそうなお人やし先日、一度美江とデートしはったんや。美江には申し分ない御縁やと思うんえ。

そうに言うても先方さんにこちらの気が変わらん内に結納だけでも早うさせて欲しい。と言わはってな」

「ウーンそうか。話はよう分かった。それでお母はんはその前に僕と茜さんの結婚式を先にと言いたいんやな？　そなら結納とか格式ばった事は省略しても構へんな？」

新居もこの店のすぐ近くだというし、美江もその気になっているし、良縁ならお目出たい話で、それなら当然美十子に逆う訳にもいかない。

ならばそうのんびりもしていられないからと、早速実行に移す事にした。そしてその翌日、浩樹は茜と一緒に平安神宮に出掛け神前結婚式の予約を取ったのである。とはいえ式場が大入り満員で今予約しても最速で、九月半ばの日柄の良い日曜日まで待つしかなかった。

その予約の一ケ月後には美江の縁談も本決まりになり、結納と同時に、結婚式は同じ平安神宮にて十一月、大安吉日の日をと双方の家族会議で選び予定された。

利樹は残念な事だったが、これも仕方が無い。しかし福富家にとってはこれまでに無い位の目出たい祝いが、年内での二重重ねとなったのである。

「浩樹さん、ワンポイントTシャツも人気だけど、他の商品も例えば今流行りの忍者とか、アニメキャラクターと西陣模様のコラボなんかも新作としてどうかしら？

ホラッ、東京で扱ったユニクロ商品って千種類もあったんでしょ？　その内の売れ筋をピックアップして参考にさせて貰うとか？」

「そうだな。着物の柄にだってナウいコラボデザインを入れて貰おうか？」

「マア、マア、お二人はん仲良さそうで宜しいけどな。

コラボも行き過ぎはあかんえ西陣の本元さんから許可が出えへんよって。

昔からの伝統的な西陣織は御先祖様から授かった京都の大切な宝や。それを忘れんと慎重に扱っておくれやす」

美十子もそんなお小言で水を差したりはしたが、メチャなコラボとはいえ二人から西陣への新しい風を感じ、成る程と嬉しそうに微笑んだ。

お陰で夫を亡くし沈んでいた気持ちも明るくなり癒されたのだ。

「ほならあんじょうお気張りやす」

などと声掛けながら二人の熱心な働き振りに目を細めていたが、それに加え、美江の祝言の日取りもやっと本決まりになり肩の荷も下りてホッとしていたのである。

「茜さん、少しいいかな？　ユニクロショップの岡島さんには事情を話し辞めさせて貰った事は知ってるよね？　東京本社の柿内部長にもこれまでの詳細を報告したいんだけどどうかな？　今更とは思うけど、随分お世話になったし茜さんの事も酷く心配していたしね」

京都に戻ってから浩樹は何かと多忙で気にはしていたが連絡をする暇も無くそのままになっていた。

しかし、茜との結婚が決まった事もあり、彼女の承諾を得てから、柿内部長に電話で色々話し報告が遅くなった事を詫びた。

「何々？　いやあ、そうだったのか。福富君、それはお目出とう。それにしても戸樫君が京都の君の実家にいたとはね、灯台下暗しで流石にそこまでは予想出来なかったが」

柿内部長は久し振りに浩樹の声を聞き驚いていたが、それにも増して二人の運命的な絆を喜び祝福してくれた。

「偶然なのか？　しかしそれは古都京都ならではの神仏のお引き合わせとしか思えんよ。とにかく再び出会えて良かった。京都にも一度行ってみたいし、是非九月の挙式には参列させて貰いたい。曾て、我が社の社員だった懐かしい二人の晴れ姿を見たいものだよ。だがその前に東京に来る用事があれば一声掛けてくれ。細やかだが、お祝いに新宿御苑にでも案内させてくれないか？　レストランゆりの木で食事位奢らせて貰いたいからな。戸樫君にも君から宜しく伝えて欲しいが、それにつけても、君にとっては一番本来の就職先だった御実家に落ち着けたのが分かって、非常に嬉しいし安心したよ。

今後も夢を捨てずに仕事に頑張ってくれな。じゃあ、そういう事で何れ又」

「ハイ。その時は宜しくお願いします。部長には並々ならぬお世話になり有り難う御座いました」

浩樹は丁寧に礼を言ったが、結婚式にも出席してくれるという部長の言葉は嬉しかった。

それだけでなく『君にとって一番相応しい就職先だった御実家に落ち着けた事が最も目出たいよ』

などという思い掛けない言葉が深く身に染みた。

それまでは東京への未練が全く断ち切れた訳でもなかったが、お陰で、浩樹にとってはその言葉が十五代目を引き継ぐ上での決定的な後押しとなったのである。

さらに今になれば東京での生活は辛いばかりでも無かったと回想する。部長が言う様に苦しくても、それに負けず希望に溢れていたし、何よりも自分にとって大切な茜に出会えたではないか？　闇雲にロンドンへ行きそのお陰で視野が広がり英会話もマスター出来た。

それらはずっと京都にいたら得られなかった何物にも代え難い貴重な思い出や経験でもあり、利樹には悪かったが後悔は一つも無い。と今更ながら実感していた。

「一つお願いがあるんだけど聞いてくれる？　今年のお盆過ぎにはお義父様の一周忌も終わるし、私も一度隠岐島へ戻りたいの。母と弟が私達の結婚式に出席してくれると言っているわ。式の二〜三日前には京都に来てくれるそうなのよ。

でもその前には浩樹さんにも私と一緒に二人に会って貰いたいんだけど？」

「ウン、それは勿論だよ。本当ならもっと早く御挨拶に行くべきだったのに御免。電話で申し訳無かったと伝えておいてくれないかな？」

「いいわよ。私からは時々こちらの事情を電話で知らせているから。

それにお店の引き継ぎや色々で忙しかったんだもの気にしないで。

それでももうすぐ、アッという間で一年になるわね」

「じゃあその隠岐島へ行く前に東京へ寄り柿内部長に会いに行こうか？　店でよく売れている新作の西陣柄Tシャツを参考の為に二〜三枚手土産にしてさ」

「エエ、それがいいわ。楽しみね」

そんなこんなで既に夫婦気取りの二人であったが、茜の言う様にアッという間の忙しい一年だったのだ。アタフタしている内に今年のお盆はすぐ目の前に来ていた。

色々と感慨深くもあったがそんな時になって急に頭に浮かんだ事がある。

「そう言えば去年のお盆、大文字焼きを見た時のあの一休さんはどうしているだろうか？　元はと言えば東京の多摩川辺りで初めて出会ったんだけどな」

「何？　多摩川辺りでって？　でも一休さんっていえば私もお義母様に聞いて知っているわ。あのお庭の美しい有名な大徳寺でしょ？　でももしかしたら一休善哉の事かしら？　古くから健康や目標の成就を願って頂く風習があるそうよ。

厄払いにもなるそうだから今度一緒に行ってみない？」

「ウンそれもいいかな。でも大徳寺はともかくその一休善哉の事じゃなくて」

浩樹は不思議そうに顔を覗き込む茜に、去年の八月十六日「五山の送り日」の夜の出来事を掻い摘んで、それも手短に話して聞かせた。

「そう？　そんな事が？　浩樹さんが帰った去年のあの夜ね？　その時はお義父様の初盆で、私達はお墓参りに行っていたわ。

でもその人はもしかしたら死者の霊からお話を聞く霊媒師じゃないかしら？

京都には昔、先を予知出来るという安倍晴明様もいたのだし？」

「それも何だかよく分からない謎の人だったけどね。今年ももうすぐそのお盆が来るんだ。以前茜さんは京都に来たら大文字焼きも見たいと言っていたよね？　何なら一緒に十六日の夜、渡月橋に行ってみる？　今年も又その一休さんに会えるかどうかは何とも言えないけど？」

「そうね。行きましょうよ。私もその不思議な一休さんとやらに一度会ってみたいわ」

茜に後鳥羽上皇の精霊がどうのまでは、流石に自分でも不可解だったので話さなかった。

しかし彼の人気スポットである渡月橋はデートにも最適で、星空に、大文字焼きを見上げながらそぞろ歩けばなおさらロマンチックである。

茜の行きたい理由は本当はそちらだった様だ。


「今夜は二人してデートに行くんやろ？　なら辛気臭いのはあかんよって、わてが特別に仕立てておいたこの浴衣にしなはれ。どうや？　清々しいし、どっちもよう似合おてるえ。茜はんはまるで京人形の様やし」

当日は家族で利樹の墓参りを済ませた後、美十子と、茜と色違いの浴衣を着た美江に見送られ家を出た。

「美江さんも後で彼が迎えに来てくれる、なんて言ってたわよ。でも今日はお天気も、雨降りでなくて運が良かったわね」茜は楽しそうにクスクス笑っている。

「そうやな。今夜は晴れてるから大文字焼きは大丈夫やろ」

などとどうでも良さそうな雑談を交わしながらバスを降りて、渡月橋まで歩いたが、茜の西陣模様の浴衣が華やかで美しく、人目を引くのか。隣の浩樹さえ人通りの中でチラチラと羨望の視線を感じた位だ。浩樹の方は紺色の地味な浴衣で引き立て役だった。

「ワーッ、火が灯ったわ。凄い！　神々しいわ。本当に素敵ね！」

八時になると遠くの山々に徐々に大文字焼きが灯され始めた。茜はそれを見てウットリしながら歓声を上げている。

その夜も昨年とは同じ渡月橋の袂付近で見物していたが、浩樹の方は何故か一人落ち着かず、薄暗い中キョロキョロ辺りを見回していた。

しかしそれから暫くして九時を過ぎてもあの一休老人とその弟子の休心は一向に現れなかったのだ。

「どうしたんだろう。京都にいないのか？　今年はもうあの二人は来ないのかな？」

そう思いながらも、大文字の山に向かって手を合わせた。

そして昨年同様じっと目を閉じてみたが、勿論山裾に白い霧も、精霊らしき小さな光も何も見えはしなかった。

今思えばあの時は思い掛けなく利樹が亡くなっていると聞き自分は混乱し、精神的に可笑しくなっていた気がする。

だとしたらあの夜聞いた話は全て勘違いで単なる真夏の夜の夢話だったのか？　そうも思った。それに今夜来る事は二人に約束した訳でもないのだ。内心では少しがっかりはした。そして大文字焼きが少し下火になった頃、

「茜さん、じゃあ遅くなるからソロソロ帰ろうか？」などと諦めて隣にいる茜を促した。

「そうね。お義母様が心配してるといけないからそうしましょうか？」

茜はそう言った後、先程からずっと手に持っていた、汗拭き用のハンカチを白いビーズのバッグに仕舞おうとした。

だが、『初めて見た奇麗なビーズのバッグだけど？』と浩樹が珍しそうにそれに目を留めた瞬間だった。何処からか急に突風が吹き、そのバッグが飛ばされそうになり茜の手元を離れポトリと地面に落ちてしまった。

「アラ、大変だわ。御免なさい」

茜はハンカチを握り締めたままバッグを拾おうとしたのだが屈んでバッグに手を伸ばした時、開いてしまっていたのか？　バッグの口から何か金色っぽい小袋がコロリと転がり出てきた。横にいた浩樹が思わずしゃがみそれを先に拾い上げた。

「飛ばされずに良かったわ。有り難う。ずっとバッグに入れたまま忘れていたけど、それ、隠岐神社のお守りなのよ。安産とか縁結びのね。バッグもその時一緒に買ったの」

『エッ？　隠岐神社？　後鳥羽上皇由来の金色のお守り袋か？　それに白いビーズのバッグ？』

浩樹は何気ない茜の言葉に驚き、闇の中でひょろりと立ち上がったのだがその時、昨年と同じようなあの不思議な感覚に落ち入っていた。そして何故かその耳元を風の音に混じり、聞き覚えのある笑い声が掠めたのである。

「ウワッハッハッハ。あれを御覧なはれ。御主人よ。

若嫁御の着てなさる西陣模様の夏一重《ひとえ》夜目にも美しゅうてよう目立ちますがな」

「オオッほんまどすな。店の西陣は何時、何処から見ても鮮やかで惚れ惚れしますわ。アレッ？　見れば、嫁御の傍らにボーッと突っ立ってるんはわての店の十五代目やな？

ああ見えても近頃はよう気張らはって、嬉しゅうてな。わても一安心しましたんや、これでもうこの世に思い残す事は何も有りゃしまへん」

「ウワッハッハ、そうでっか？　ほなら儂もこの世での最後のボランティア、いやお役目は果たし終えたという事ですな。ホラ、見てみいな、あちらの世界で後羽鳥上皇様を始め、大徳寺の御先祖、一休宗純様、皆々様方が御苦労だったな。何をしておる。早う来い、と手招きしておられるわ。

ウワッハッハ、それでは休心よ。こちらの福富屋、十四代御主人の後から続き、新参者もボチボチ昇天と参ろうかな？」

「そうでんな。ほならトントンと行きまひょか？」

「そうじゃ、そうじゃウワッハッハッハ」

「お待ち下されウヒャッヒャヒャ」

「な、何なんだ。一体？　奇妙なこの笑い声は確か去年あの時の？

それに今お父はんらしき声も聞こえたが？」

浩樹は聞き耳を立ててボンヤリその場に立ち尽くしていたが、その内風の音がクルクル過巻くと共に、笑い声は小さくなり遠のいて行った。

「しかし待てよ。これはもしかしたら僕へのお別れ？」

浩樹はその声を追い掛けるが如く顔を上げ、再びギュッと目を閉じた。

するとそこには昨年一休老人が言ったのと同じ精霊の光景が見えたのである。白いフワリとした塊が大文字の山裾から空高く真っ直ぐ昇って行き、その後から金色っぽい、蛍みたいな光がユラリユラリ、まるで楽しく踊る様に昇って行った。

『最初のはお父はんの精霊？　後の二つは一休老人と休心の？』

まさか、そんな事がと思い、念の為一旦目を開き、パチパチしてから又目を閉じたが、そこにはもう暗闇以外何も見えなかったのである。

『白いビーズと拾い上げた金色のお守り袋、それを見た後の残像だったのではないか？』

そんな世にも不可思議な出来事だった。


「浩樹さん少し顔色が悪いけど大丈夫？　お目当ての一休さんに会えなくてがっかりしたの？　又来年来てみたらいいじゃない？」

気が付けばずっと隣にいた茜が心配そうに右手をギュッと握ってくれていた。

そうなんだ。やっぱり精霊が見えるなんて筈はなく妄想、夢、幻なんだ。しかし孤独だった去年と違うのは一人ではなく今この茜が側に一緒にいてくれる事だ。としみじみ思う。

そして浩樹はその茜の手から伝わる温もりを感じた時やっと我に返り不思議な世界から抜け出せたのである。

「アッ、ウン、来年ね？　そうだ。そうしようか？」

その後は茜と繋いだ手をそのままずっと離さず、最高に楽しい深夜デートで渡月橋を後にしたのである。

そして、その夜は茜が後鳥羽上皇縁のお守りを大切に持っていて、その気持ちは分かったが、不思議な精霊の話などは到底信じて貰えないと思い、以後もずっと浩樹の胸の内に収め仕舞い込んだままにしてしまった。

それから又何年か過ぎ、二人で大文字焼きの夜に渡月橋に足を運んだが、あの日以来一休老人も休心もその笑い声と共に浩樹の前に二度と再び現れる事は無かったのである。

勿論、あの時、目の錯覚か？　残像か？　と不自然に思い、信じられなかった精霊の白く光る影もいくら目を閉じても、二度とは見られなかったのだ。

とは言え、それはそれとして福富屋の一人息子浩樹と美貌のしっかり者、茜の結婚式は盛大に厳《おごそ》かに取り行われ、集まってくれた大勢の皆に持て囃された。

その二ケ月後、長女の美江も負けじとばかりそれに続き、福富屋は嘗《かつ》て無い程縁起良い祝福と幸せムードに包まれたのである。

時は過ぎそれから数年後、何時しかあの夜の不思議な老人との出会いも浩樹にとっては遠い遥かな思い出となり、幻として記憶から消え去った。そしてその頃、双方の仲良し夫婦に、子宝が平等に、一人、二人と授かったのだ。

これも誠にお目出たい喜びであった。それはあの早春の朝浩樹が福富屋を無謀に飛び出して上京し、隠岐島出身の茜と出会った御縁？　或いは全ては天からのお告げであろうか？　図らずもそんな日々から、思えば十年近くの歳月が過ぎ去っていた。

「あんじょうお気張りやす。ほなさいなら。堪忍え」

優しく温かい遥か昔から変わらぬ伝統的な京言葉を交わし合い、十五代目の明日は店を飾る仰山の西陣織に負けじとばかり熱く明るく輝いていた。

―完―

ユッキーとフッチーのミステリー事件簿（第七話）
ヒヤリドタバタ京都はんなりトリップ

それはよく晴れ渡った秋晴れの朝であった。

ユッキーとフッチーは早起きし二十七人乗りのマイクロバスに便乗し京都への日帰り旅に出掛ける事になった。第六話からの流れでフッチーの彼氏、空手の指導者である素笛《そぶえ》正人《まさと》先生が弟子を引き連れ京都での交流試合に参加となり、ユッキーとフッチーはマネージャー兼応援団として同行する許可を得たのである。

しかも運良くユッキーの恋人でフランス人刑事《デカ》、インターポール所属のロベルトも何かの犯人追跡調査で京都に派遣されていたのでユッキーとのデートも予定に入っていた。

交流試合の会場は京都府右京区体育館で、近くには大映太秦《うずまさ》映画村、逆方向には有名な楓山、渡月橋などの名所が数多く点在している。それ故ユッキーの方は試合の途中で体育館を抜け出し、「嵐山しっとり散歩道」、竹林の道辺りでロベルトと落ち合い、二人で相談し食事でもしようかと楽しみにしていた。勿論大凡の打ち合わせもしていたのである。

フッチーも似た様なものでお昼位は素笛と二人っきりで食べられるだろうと勝手に期待していた。フッチーにしても試合の応援などは二の次でよかったのである。元はと言えば素笛の大学時代の友人がやはり京都で空手道場を開いていて、その関係での交流会としてこの度招待される運びになったらしいのだ。

とにかくユッキーとフッチーの場違いな熱い想いも乗せてバスは早朝七時に出発し、豊田南インターから湾岸道路へと突入し京都方向へとひたすら走り続けた。

バスの車内はというと小、中学生の弟子が十四名、高校生の臨時コーチが二名、ユッキー・フッチー、素笛先生の他、付き添いの父兄を入れると殆ど満席状態であった。

前回茶臼山高原キャンプ合宿での口の悪い弟子連中とも二度目の対面となるが、コロナ禍の影響で皆マスクをしている。お陰で騒いだりせず、車内は意外と静かだったのでユッキーとフッチーはこれ幸いと後部座席に陣取りコソコソ内緒話をしていた
「アーア、朝っぱらからバタバタでまだ眠いよ。唯一の楽しみは京都風特製グルメ弁当だわ。

敵陣のマネージャーが注文してくれてるんだって。

そりゃあ敵とはいえ正人の友人が指導する同好会だから交流会と同時に親睦会みたいなものなんだから。

それでさ。お弁当はもしかの為に私達二人の他にロベルトの分も一つ余分に頼んでおいたわ。

ユッキー、それでよかったよね?」

「ウン、有り難う。私とロベルトは外に出てお昼を頂く予定だけどそうなればパックのまま家に持ち帰ればいいんだしね。それでその交流試合は何時から始まるんだっけ?」

「十時スタートだってさ。今七時半前で後二時間で到着予定だからギリチョンセーフで間に合うよ」

フッチーは小声でそう喋くり、スマホで時間を確認した。

「会場は右京区体育館だったわよね？　そこから嵐山開運スポットとかにはタクシーで二

十分かそこららしいわ。

散歩コースは渡月橋から天龍寺、野宮神社、少し先には嵯峨野トロッコ列車もあるのよ」

「フーン散歩コースねえ？　とにかく京都でロベルトとデートなんて最高じゃん。私だって本当はこのまま京料理の花見小路、祇園八城、筆頭格の湯どうふ専門店とか、それに京都生ショコラ、はんなり上生菓子、こだわりの京茶コーヒーとかのお店を巡ってみたいんだけどな」

「ヘーッフッチーにしてはよく調べたものね。でも全部デートコースじゃなくて食道楽の方なのね？　マアどっちにしても今日はパスだから又改めてという事ね」

「そうだね。京都観光は一日じゃ無理だわ。四～五日は休みを取らないといかんね」

などとフッチーがマスクの中で口をモゴモゴさせている時、前の方でポンポンとマイクを叩く音がした。

見ると素笛が立ち上がって皆に挨拶し今日の予定表を見て、マイクで説明を始めたのである。

「エーッ、本日は晴天なり。我が弟子の諸君、父兄の皆様方本日は早朝より御苦労様で御座います、予定表はお手元にありますね？

先ず到着後二十分程ウォーミングアップ、その後対戦は無級の白帯、次は十二級の白に黄色線、十一級は黄帯、十級は黄色に赤線、中学生は九級のオレンジ色二人、八級の青帯が一人、順番に二組に分かれ相手との同時進行となります。審判員は僕と京都空手指導会の高園悟志《たかぞのさとし》さん、コーチは当会員の岩田《いわた》君と須藤《すどう》君の二人です。宜しくね」

素笛の紹介で高校生二人も前の方から立ち上がりペコリと頭を下げた。

「昇格試験じゃないので普段教えられた通り、相手に肩を借り礼儀を尽くし正々堂々と戦ってくれ。分かりましたね？」

弟子達も父兄も頷きながら神妙に聞き入っていたが、その時前列の方から勢いよく手を挙げた二人の男児がいた。

「ハイッ、先生、僕達まだ入会したばっかで試合に出ないけど花菜子《かなこ》姉ちゃんの応援に来ました。応援してない時は何をしたらいいですか？」

「オウッ一郎《いちろう》君、二郎《じろう》君だな。花菜子君は五年生、十一級の黄帯だったたな？　取組は割と早く終わるけど、その後は君達も一緒に上級者の見学をして技を盗み取るんだよ。いいですね？」

素笛は以前小学校で代用の体育教員をしていた経験があり、弟子達を始め皆、先生と呼んでいた。

この一郎、二郎というのは小学二年生の双生児でまだ無級である。

試合には出ないが、忙しい両親に頼まれて無力ながら枯れ木も山のにぎわいで応援団に加わったのであった。

「ハイッ、先生、どうもすいません。弟達は腕白で悪戯《いたずら》ばかりするんですよ。私は邪魔になるから来なくていいと言ったのに」

　双子達の二〜三列後から姉の花菜子が迷惑そうに手を挙げ、その後弟達をキッと睨んだりしたので周りの大人達はそれを見てクスクスと忍び笑いを漏らした。

　素笛もそんな気の強そうな花菜子を「ママアいいから」と宥めながら苦笑した。

　しかし実際空手や武道の応援、見学のしきたりは可成り厳格なのである。

　ヤジを飛ばしたり、だらしなく胡坐をかいたり、礼儀を欠く態度をすると退場させられる場合もあるのだ。そこを甘く見て貰っては困るらしい。

　フッチーは以前一度護身術を習おうと素笛の道場で見学をさせて貰ったが、そこまでの厳しい規則はよく知らないし双子達も同類であった。忙しい素笛もそれについては特別指導をしていなかったので二人にふと不安を感じたがしかしそれが後になって的中するとは思いもしなかったのである。

「ネエ、ネエ、フッチー、嵐山もいいけど有名な金閣寺は室町幕府三代将軍、足利義満建立よね？

　それと八代将軍、義政の銀閣寺、その二つも一度は行って見学してみたいわよね？」

「そりゃあね。京都には北野天満宮、南禅寺、下鴨神社など神社仏閣も沢山あるわさ。だけどそれはそれで私は清水寺へは行きたいよ」

「清水寺へ？　フーン、意外と信心深いじゃん。でもどうして？　まさかあの舞台から飛び降りたいとか？」

フッチーは目の前の相棒が不思議議そうに目を丸くしているのを見てゲタゲタ笑った。

「いくら元気な私でも飛び降りるとかそんな予定はないよ。ただちょっと他から聞いたんだけどさ。清水寺の境内に居る神様、地主神社って知ってる？　恋愛成就を司《つかさど》る『恋占いの石』が有名なんだって。私もだけど、ユッキーも絶対行って願掛けした方がいいんだよ」

「エーッ、それは知らなかったわ。じゃあ次の時はちゃんと計画を立てて行く事にしようよ」

双子達の騒ぎがあってから車内は時折、小声や笑い声が聞こえていたがそれを耳にしながら、喋り疲れた後部座席の二人はその内コックリコックリ居眠りを始めてしまった。早朝五時起きで出掛ける準備が忙しくバタバタだった所為もある。

その後バスは高速を順調に走行した。特別な渋滞もなく京都東ＪＣＴを通過し、南ＪＣＴで高速から下道に降りた。そして町中に入ると予定より早く九時少し前には目的地に到着したのであった。

「サアサア皆さんやっと到着しました。意外と早くて、これは幸先がいいぞ。ホラ、目の前に見えるのが右京区体育館です。忘れ物がないかよく確認してから順番にゆっくり降りるんだよ。慌てずゆっくりね」

素笛先生の注意の後、子供達が先にゾロゾロバスを降り出した。その列の後にガヤガヤと父兄達が続いてゆく。

ところがその前に先程の双子達が後ろを振り向きフッチー達に気付いたのか、何か大声で叫んだのである。

「先生、マネージャーのあのお姉さん達、後ろでまだ寝てるよ、起こさなくていいの？」

一郎が先にそう言うと今度は二郎がさらに甲高い声を響かせた。

「ネエ、先生、あのお姉さん達、髪の毛短い方が先生の彼女なんだって？　キャンプ場に来てたよね？　みんなそう言ってるけど本当かどうか花菜子姉ちゃんが先生に聞きたいんだってさ」

悪戯っぽくキャッキャッと笑ったが、これには先に降りていた素笛も突然の事でびっくりしたじろいだ。

「花菜子君が何か聞きたいって？　そんな事はいいから二人共早く降りなさい。後が支えるだろう」

そんな双子達と素笛先生の様子も可笑しかったのか。見ていた周りの父兄達が又もやプッと噴き出したのだ。その笑い声に気付き寝ていた後部座席の二人もやっと目が覚め飛び起きた。

「ワッ、フッチーもう到着してるよ。大変、私達が最後だわ。急いで降りよう」

ユッキーに肩を叩かれてフッチーもヨッコイショと腰を上げた。

一番最後に車外へ出たが、しかし父兄達が何故自分をジロジロ見てクスクス笑っているのか、そんな理由にはとんと気付く余裕もなかったのだ。

「いいかい？　父兄の方達も一緒に全員ここで待機している様に。空手着に着替えて自主トレーニングをしていてくれていいよ。先生は今から京都の交流会仲間、高園さん達と打ち合わせや手続きをしてくるから。いいね？」

体育館内に入りやや広い待合所に集合した後、素笛は事務室に入り子供達は着替えを始めた。脱衣所が満員だったからだがそれぞれ付き添いの父兄も仕度を手伝っていた。

「ちょっと一郎、二郎、先に言っとくけどねあんた達黙って行儀よく見ているんだよ。絶対大声出しちゃ駄目だからね。そうしないと先生に破門にされちゃうんだから」

父兄の付き添いのいない花菜子は隅っこの女子達に交じりサッサと着替えていたが、それでも弟達にブツブツ説教している。ユッキーとフッチーも一応マネージャーなので何か手伝ってやろうと花菜子に声を掛けたが知らん顔。何故か迷惑そうに無視されるので取り付く島もなかった。

やがて暫くして十時丁度になると戦いの火蓋が切られた。

二組に分かれ八メートル四方の床で同級帯同士の対決である。審判員のピーッという笛の音と共に真剣な取組が始まる。

技が決まると審判員が笛を吹き片手を挙げるのだ。素笛は少し離れた場所で中学生の審判に付いていたが、フッチー達は目の前の小学生の対決に注目していた。

「フーン、チビッ子といえども中々の気迫だわ。

もうチョイ、ソレソレ頑張れ！」

規則もよく分からないのに何故か応援は熱心だ。

「駄目よ。フッチー、声は出さないで。抑えて抑えて。

それにみんなキチンと正座してるわよ」

「そうだっけ。嫌だな。足が痺れてきたよ。

アッ、次はあの黄帯の花菜子ちゃんだ。

だけど見てよ。相手は六年生だという強そうな太っちょ女子だわ」

ところが恐い顔をした花菜子は、最初の対戦相手をほんの数分でアッという間に見事に打ち負かしたのである。

それには見学の皆が驚いて大きな拍手をしたがその時まさかの想定外なトラブルが起きた。

花菜子を応援していたあの双子達がヤッタ、ヤッタとテンションを上げ奇声を上げながらその場で踊り出してしまったのだ。

「キエーッ、姉ちゃん強いぞ！　バンザーイバンザーイ」

「アラッ一郎ちゃん、二郎ちゃん駄目、駄目、静かにして……」

周りが「シイーッ」と人差し指を立ててもこうなると聞く耳も持たなかった。館内は静かに保たれていたので余計目立ってしまい、見兼ねた素笛がしまった、予感が的中したとばかり慌てて飛んできた。

「オイ、一郎、二郎、今すぐ止めなさい！　先に何度も注意したのに聞いてなかったのか？　このまま外に出て暫く反省していなさい！」

「エーッ、先生ゴメンナサイ、もうやりません」

双子達はやっと気付いた様子で涙声で謝ったが時既に遅しで外へ連れ出されて行った。

「ア〜ア、あれじゃあ正人先生も大変だわ。ところでユッキーもうソロソロ、ロベルトとデートの時間じゃないの？」

フッチーは素笛の後ろ姿を目で追いながらユッキーに話し掛けた。

「そう、実はそうなのよ。もう時間だからタクシーを呼んで竹林の道まで行かなきゃあ」

「フーン、それじゃあ私もこの際お付き合いしようか？　右も左も分からない京都でユッキー一人じゃ心細いでしょ？」

「エッ？　私は大丈夫、素笛さんもいるしフッチーはここにいて応援していてあげてよ」

「でもさ。ここにいても窮屈だし座禅の修行みたいじゃん。もういいよ。一緒に外に出るわ」

何だ彼んだ小声で話し合った結果、二人は試合場からゴソゴソと姿を消した。

しかし扉を開けるとすぐその横にあの一郎二郎が立っていて、素笛から注意、お叱りを受けていた。それを見たフッチーが何故かその場で即座に呼び掛けた。

「アラッ、素笛先生、試合の途中なのに出て来て大丈夫？　双子ちゃん達今は中には入れないなら私達マネージャーが面倒見ていてあげようか？」

「エッ？　そうか。じゃあ頼もうか。父兄はそれぞれ自分の子供の応援に付いてるしな。悪いが暫く外でボール遊びでもしていてやってくれ」

「OK、トラブル処理もマネージャーの仕事だからね。だけど今からちょっとだけユッキーと出掛けるからこの二人を連れて行ってもいいかな？　お昼までには戻るし」

素笛も中での試合が気ではなかったのだろう。「必ずお昼までには帰るね？　じゃあ宜しく。くれぐれも二人には気を付けてくれ」などと少々渋った様子でもあったが仕方なく許可してくれた。

「エーッ、しめた、ヤッタぞ。外に出られるんだ。それでお姉さん達今から何処へ行くつもり？」

フッチー同様、館内でじっとしていたくなかった双子達は大喜び。けれどユッキーにしては、こんな筈ではなかったと大迷惑である。ロベルトと二人でデートの予定がフッチーとの三人デートでさえ遠慮したい。なのに双子達のお守りまで引き受けるなどは全く想定外でガックリしてしまった。

「ユッキーったら。予定通りじゃないからってそうクヨクヨしなさんな。グルメ弁当だってロベルトの分も注文してあるんだし、正人先生を紹介するからお昼は四人で一緒に食べればいいんじゃん」

「ハアッ？　成る程ね。マアそれならそれでいいのかも」

強引なフッチーに急かされ、一郎二郎の手を引いて呼んでおいたタクシーに乗り込む羽目になったのである。

「一郎君、二郎君、団体行動は守らなきゃ駄目だよ。それにしてもお父さんかお母さんはどうして一緒に来れなかったの？」

その後四人がギュウギュウ詰めでタクシーに入るとフッチーが双子達に向かってブツブツ言い出した。

「ウン。家はカレーとかオムライスの食堂なんで父ちゃん母ちゃんは二人して朝から忙しいんだよ。だから代わりに僕達がバスに乗せて貰ったんだ。だけどさ」

兄の一郎がグズグズ言い出すと弟の二郎がその後を続けた。

「だけどさっき二人して大声で花菜子姉ちゃんの応援して外に出されたからヤバイんだよな。兄ちゃん、父ちゃん母ちゃんに空手止めろって言われるかも知れんよ」

「そうだけど、それよかさ。お姉さん達は今から京都のお土産を買いに行くんでしょ？　京あめとか豆餅はずっと前母ちゃんが仲間の旅行で買ってきてくれた。そん中であんマカロンが一番美味かったよ。だから二郎、そのあんマカロンを買って行けば父ちゃん母ちゃん、二人共チャライからきっと喜んで許してくれるって」

「エエッ？　チャライって何さ。近頃の悪ガキいやお坊ちゃまは。

とにかくそれで二人は京都に来た事がなくてもお土産は色々よく知ってるんだ」

こうしてフッチーがこましゃくれた双子達の話し相手になっている内に、タクシーはお目当ての竹林の道に到着し入り口近くに停車した。

「アッ、運転手さん。ここでいいよ。体育館に戻る時は又電話するのでお願いします」

　フッチーが料金を支払い、帰りの予約もしてからバラバラと車を降りたのである。

　それから最初は四人揃って竹林の道に入ったのだがすぐその後で双子達が、駆けっこだとか言い出しキャッキャッと騒ぎながら先に走り出してしまった。

「コレコレ、そんなに走らないでったら。転んで怪我するよ」などと後ろから声を掛けながら、ユッキーとフッチーはしっとり散歩道へ足を進めた。

「へーッ、名庭もいいけど竹林も涼しい風が吹いて風流でいいわ」

「フッチー、名庭といえばこの先の天龍寺は足利尊氏の創建で嵐山を借景にしたダイナミックさが見所なんですって」

「フーン、そうなんだ。だけど私はどっちかといえばトロッコ列車の方がスリルがあっていいけどな」

　お昼間際の所為か運良く他に人通りもなく静寂さが漂う。そんな中二人は気分良く涼やかな笹の葉の音色に耳を傾け、散策していた。しかしその内ふと気付いてみればあの双子達が何処にも見えず前方の道路からすっかり姿が消えていた。

「アレッ、あの子達竹林に入って隠れんぼでもしているのかしら?」

　ユッキーが竹林の奥をジロジロ覗いたりしていると一本道の遠くからキャッキャッと笑

い声がする。

「オーイ、お姉さん達、鬼さんこちら、手の鳴る方へ！」

「な～んだ。びっくりした。あそこにいるんだ。ヨーシ、こうなったら追っ掛けて取っ捕まえてやるぞ」

足に自信のあるフッチーがムキになって先へ駆け出した。ユッキーもその後から慌てて走り出したのだがところがその瞬間だった。

「エッ、何々？」

上下黒ずくめ、青っぽいハンチングの男が突然ユッキーを追い越しすぐ前のフッチーの背中に体当たりしたではないか？　そしてそのままスピードを上げ後ろを振り向かずドンドン行ってしまったのだ。

「な～んだ。変な奴！　人にぶつかっておいてゴメンも言わず全く失礼しちゃうわ！」

フッチーも出鼻を挫かれ拍子抜けしたが、同時にふとショルダーバッグの後ろに手をやり顔が真っ青になった。

「ヤダ！　ない！　ない！　ここに入れておいた私のサイフがない！」

タクシー料金を支払った後、慌ててバッグの後側のポケットに突っ込んだのだがそこのチャックが開いたままになっていた。そこからサイフが少し食み出ていたのだ。今やっとそれに気付いた。

「ウワーッしまった。やられた。あいつスリだったんだよ！

ユッキーもやられてない？」

「エッ、フッチー、サイフがどうかしたの？」

ユッキーはバッグの中に仕舞い込んでいて大丈夫だったが、こうなるとフッチーはガキのお守りどころではなかった。このままで済まされるものかと一目散、全速力でスリの後を追っ掛け始めたのである。

「待って、待ってフッチー、警察にも電話しないと！」

『もうーっ、一体全体何で何時もこんな事になるの？　そういえばロベルトはどうしたのかしら？　ソロソロ来てくれてもいいのに？』

サイフを盗まれたフッチーの悔しい気持ちも分かるがこれでは自分も振り回されるばかりだ。とにかくゼイゼイ息を弾ませながらフッチーを追い掛けた。ところが、一、二分もせずにその先辺りから口汚ない男の叫び声が聞こえてきたのだ。

「ヤイッ、どけどけ、てめえら邪魔すんじゃねえ！」

そしてさらに甲高い叫び声が。

「オーッ、一郎、二郎よくやった。アリガトーっ、そいつはスリだ。そのまましっかり捕まえて逃がすんじゃないよ」

それはフッチーの声だったが、ユッキーがやっと駆け付けた時には道の真ん中に双子が一人ずつポカンとしながら立ち止まっていた。

そして目の前にさっきのスリ男がいて、細い凧糸が足に絡まりひっくり返って喚いていたのである。マジマジと顔を見れば髭面の人相の悪い男だった。

状況はよく分からなかったが一郎、二郎が道の両サイドから引っ張っていた凧糸に走ってきたスリ男が引っ掛かり、怪我の功名で捕まえてしまったらしい。

そしてそのお陰でフッチーは掏られたサイフを取り戻す事が出来たのだ。

「エーッ、何て事なの？　それじゃあやっぱりこの男がフッチーのサイフを盗んだのね」

双子達の大手柄だと分かったが、その時になって何も知らないロベルトが手を振りながらこちらへにこやかにやってきた。

「パードン、ユッキー遅レテゴメンナサイ」

しかし近くまで来て足元でバタバタ踠いている不審な男を見つけ眉を顰めた。

「ユッキー、フッチー、コノ男ハドウシタノデス？　何カアッタノデスカ？」

「アッ、ロベルトやっと来てくれたのね。よかったわ。ここにいる双子ちゃん達がフッチーのサイフを盗ったスリを捕まえたのよ」

ロベルトの顔を見てホッとしたユッキーはこれに至ったいきさつを掻い摘み説明した。

「分カリマシタ。コノ男ハ現行犯確保デスガ民間人ノシカモ子供達ノオ手柄トハ凄イヨ！　私ガ今カラスグニ京都ポリス呼ビマショウ」ロベルトはスリ男に常時持っている手錠を掛け、警察に通報した。その後で双子達に詳しい事情を聞こうとしたが、お手柄を立てた筈なのに何故か泣きそうな顔を横に振っている。

「刑事さんゴメンナサイ。僕達本当はフッチーさんに悪戯してやろうと思ってさ。持っていた凧糸を道の両側で引っ張っていたんだ。追い掛けてきたら転ばしてやろうとしたけど、その前にこのスリのおじさんが走ってきて引っ掛かるなんて思わなかったよ」

「悪戯デフッチーヲ転バセヨウトシタノデスネ？　ソレハヨクナイデスネドウシテデスカ？」

「それはね。本当言うと花菜子姉ちゃんが素笛先生の事好きで、フッチーさんは先生の彼女みたいだから癪にさわって困らせてやろうとしたんだ。

姉ちゃんもきっと喜ぶと思ったからさ」

「正直デイイデスガ人ヲ怪我サセテハ子供デモ大問題ニナリマス。

デスガ今回ダケハフッチーノサイフヲ取リ戻シタノダカラ謝レバ特別ニ許シテアゲマス。分カリマシタカ？」

フランス人刑事、ロベルトに注意され、双子達も流石に小さくなって頷いていたが、それを横で見ていたフッチーは驚くというより呆れ顔だ。

何とあの小学五年生の花菜子が素笛先生を好きで、弟達はその姉ちゃんを喜ばそうと思い恋敵となる自分を態と嵌めようとしたのか？

兄弟愛は美しいがこんな場合謝られても簡単に許していいものか？　笑って済ますものか？

しかめっ面して判断に困っていたが、その内パトカーが一台サイレンを鳴らしながらこちらへやって来た。

「これはどうもアイアイサー京都府警ですがインターポールのロベルト刑事ですね？　京都に来ていらっしゃると報告は受けておりましたがこの度は御協力に感謝致します」

パトカーから降りてきた警察官二人はそう言って近付きロベルトに最敬礼した。

「ボンジュール、こちらの女性一人ガ被害ニ遭イマシタガ子供達ノオ陰デ窃盗犯ハ今確保シマシタ。

被害者カラ事情聴取モシマシタガ今カラ私モポリスマデ同行サセテ貰イタイ。コノ男ハ私ガ捜査中ノ㊉ノ一人ニ似テイルノデ別件デ尋問必要デス」

『尋問ってエッ？　ロベルトがパトカーに同行するなんて聞いてない？』

ユッキーがそう思い目を白黒しているとロベルトはポケットから数枚の写真を取り出しスリ男の顔とジロジロ見比べている。

「私ノ追イ掛ケテイル国際ロマンス詐欺集団ガ京都ニ潜伏シテイルト聞イテイルノデ、コノ男モソノ一人カモ知レマセン身元調査サセテ下サイ」

「それはどうも、承知しました」警察官が確保した男を引っ立ててパトカーに乗り込むとロベルトもその後から乗り一緒に付いて行ってしまったのである。

「ユッキー悪イケドランチハフッチートニ人デ食ベテ下サイ。後デ必ズ電話スルカラネ」

そんな優し気な言葉だけは残して。

「ユッキーゴメンよ。私はサイフが戻ってよかったけどずっと待っていたあのロベルトまでパトカーで行ってしまうなんて。まさかこんなつもりじゃなかったのにさ」

「ネエお姉さん達、もういいでしょ？　僕等もうお腹ペコペコだよ、何か食べたいー」

双子達もお腹が空けばさっきの悪さはすっかり忘れ現金なものである。

「何よ。ドタバタしている内にもうお昼だわ。

仕方ない。ユッキー、予定していた渡月橋も残念だけど、竹林の散歩もこれで終わりにして一旦体育館へ戻ろうか？」

「ウンそうね。ロベルトのお弁当も取ってあるんだしもしかしたら彼も後から食べに来るかも知れないわ」

無理に微笑んで竹林の道を後にした。

そして予約しておいたタクシーが迎えに来てくれ、又四人が車内にギュウギュウ詰めだった。けれどその後フッチーが恨みがましく双子達に目を向けた。

「さっきは有り難う。お陰でお金も無事だったしお礼に私に悪戯しようとした事は素笛先生には黙っておいてあげるよ。警察の人もスリを捕まえたのは大手柄で表彰ものだって言ってたしね。アアそれはいいけど今からは規律を守り体育館の中に入ったら黙ってじっとしているんだよ。分かったわね？」

許すとはいえ一言は釘を刺さないと腹が立って気が済まなかった様である。

「ハイ、マネージャー様ゴメンナサイ。よく分かりました」

双子達は声を揃え行儀よく答えてはくれたが？

「アア、フッチー、もう戻ってきてたのか？　正直少し心配はしていたが連れて出てくれて助かったよ」

体育館に入ると素笛が待ち構えていて午前中の部は無事終了したという。しかし竹林の道での出来事を話すのは後回しになった。何故なら父兄がグルメ弁当を一つずつ配っていてフッチー達も慌てて有り難く頂戴したからだ。そしてその後は楽しい食事の時間に有り付いたのである。

館内の隅っこに行き父兄や子供達と輪になり弁当を広げたが、見ればあの双子達も花菜子姉ちゃんに呼ばれもうチャッカリパク付いていた。

「アレアレ、あんな悪戯っ子でも無邪気なものね」

ユッキーはクスクス笑ったがフッチーの方は周囲をキョロキョロ見回しさっきまでそこにいた素笛の姿を捜している。お弁当位一緒に食べるつもりだったのだ。ところが隣に座った父兄の一人に聞いてみると、

「そうか。残念、別室で関係者と食事しながら今後の打ち合わせとかしてるんだと」

フッチーもついつい膨れっ面、今度は先程とは反対にユッキーに慰められてしまった。その後は二人して彩りも美しいグルメ弁当を黙ってモクモクと口にしたが美味しいとはいえ予定通りには行かず何か一つ味けない。

「そういえばロベルトはどうしてるのかしら？　後で電話するとは言っていたけど？」

「ア～ア、こんな事なら態々遠路遥々、マネージャーなんか引き受けて来なければよかっ

たよ。お疲れ損だしさ」

フッチーもブツブツ言い出したが、考えてみれば実際素笛もロベルトも今は勤務中なのである。

それを思えば相手にして貰えないのは当然なのであった。

ところがそれからすぐにロベルトからユッキーのスマホに着信が入った。

「ハイ、ロベルト、私よ。すぐこちらに来れない？　美味しいお弁当が一つ取ってあるし？」

「オオッ、メルシーボクユッキー、ダケドミッションデマダ出ラレマセン」

「エッ、まさか危険なミッション・インポッシブルでは？」

「トム・クルーズノ？　ソレハ大丈夫、ランチ駄目デスガ今夜京都デディナードウデスカ？」

クックと笑いながらも答えてくれた。

「エッ？　ディナー？　それは嬉しいけど夜までここでずっとロベルトを待つなんて？」

又々がっかりである。交流試合は二時までには終了するというし三時頃にはマイクロバスも出発する。ミッションだからといってロベルトと詳しい話も出来ず京都に一人残るのも何か心配だった。

「ソウデスカ。三時ニハバスデ豊田市へ戻ルノデスネ？

ソレナラ私モ明日ナラ豊田へ行ケルト思イマス。

ゴメンナサイ。又後デ電話シマス」

まだ色々捜査中でケリが付かないと言う。

仕方ないのでお弁当はあちらで屯している中学生三人に差し入れする事にした。

「これ良かったらどうぞ。沢山食べて午後からの試合頑張ってね」

「ハイ、どうも、マネージャーさん有り難う御座います」

何だか何時の間にか正式なマネージャーにされてしまっている。

「ヨーッシャ！　交流試合も礼に始まり礼に終わった。みんな勝ち負けに拘らず全力を尽くしてよく戦ってくれた。本来はこのまま故郷へ直行予定だったが御褒美に途中二十分だけ休憩する。それでその間に京都見物したりお土産を買ってもいいぞ！」

双子達の事は別として今回の遠征が恥ずかしくない結果に終わり素笛も指導者として余程嬉しかったらしい。

折角京都くんだりまで来たのだからトンボ返りはどうかと気を利かせたのである。

「ワーイ、ヤッター、僕達の応援で花菜子姉ちゃんも勝ったしこれであんマカロンが買えるぞー」

最後は真面目に見学していた一郎二郎も大はしゃぎ。そんなこんなでユッキー、フッチーも無事大役を果たし終え、空手の一団は意気揚々と京都の体育館を後にしたのであった。

そしてバスが出発してから二十分後の事であった。

「フッチーどうする？　皆さんお土産買いにバスを降りて行くわ。残ってるの私達だけだけど？」

「お土産？　ウーン。だけど二十分位じゃいい物がゆっくり選べないしさ。ここで寝てた方がいいよ」

「アラッ、そう？　でもあそこの看板見てよ。こだわりの焙煎珈琲、ウオールデンウッズキョウト、ですって。イマドキスイーツ、ケーキもあるみたい。すぐ目の前だしフッチーも入ってみたかったんじゃないの？」

「フーンそうか、コーヒーねえ。ケーキもあるんなら眠気冷ましにちょっくら入ろうか？」

面倒臭そうにしていたフッチーもやっと腰を上げ二人してノロノロ車外へ出た。ところが歩道を五～六メートル歩いて行くと、先に降りた父兄達がグルリと囲んだ輪の中で花菜子が顔を押さえワンワン泣いている。しかもそれを素笛先生が横で一生懸命宥めているのだ。

「アラ、どうしたの？　素笛先生、花菜子ちゃんどうかしたの？」

ユッキー達二人も心配して何事かと聞いてみた。

すると素笛が困り顔でこちらを振り向いた。

「ヤア、フッチーユッキーもそこにいたの？　それがあの一郎君二郎君が花菜子君と一緒にバスを降りた後急に何処かへ走って行き、アッという間に見えなくなってしまったと言うんだ」

「エーッな～に、又あの問題児達が？」フッチーが思わず叫ぶと花菜子が涙目でギロリと睨んだ。

「バスの位置は知ってるし待っていればその内帰るとは思うけどね。迷子になるといけないからその辺のお土産売り場を覗いてみるよ。僕は花菜子君とこちら側へ行くからフッチー達はそっちの反対の通りを捜してみてくれないか？」

「エエッ？　私達は反対側？　いいわよ。アイアイサー。ね。じゃあユッキー行こうか」そうは言いながらフッチーは何か不機嫌な顔でユッキーの手をグイッと引っ張った。何故なら双子達が言っていた、花菜子が素笛先生を好きだ、などの言葉を急に思い出し、小学生の花菜子に取られるのでは？　と大人気ない焼きもちを焼いたかららしい。

実際素笛をコーヒー店に誘おうかと思っていたのにそれどころではなくなったのだから不貞腐れるのは無理もない。

「元気過ぎる子供も困ったものね。でもそう言えばあの二人あんマカロンが好きみたい。でもそんなお土産店はこっちにはなさそうよね？」

喋くりながら一軒一軒店先を覗いてみるとフッチーが試食したくなる甘い京菓子やクッキーの匂いがプンプンしてくる。

ユッキーが目にした市松模様のポーチなども幾つかの中から一つ選びたかったがそんな暇もなかった。

「あの二人まさかあんマカロンを捜してもっと先までドンドン行っちゃったのかしら？」

しかし五～六軒見て回り細い路地を右折した時にアッと驚き目を見張った。何とすぐ横の下にある側溝に蹲り顔を突っ込んでいる二人の子供がいた。よく見るとそれは一郎、二郎ではないか？

「やっぱりそうだ。ちょっと君達何してるの？　先生も花菜子姉ちゃんも心配して捜してるっていうのに？」

突然頭からフッチーの濁声が聞こえ双子達はギクッとした様に顔を上げた。

「アッ、何だ。お姉さん達か？　さっきお土産にマーブルチョコを買ってさ。一個か二個食べたくて瓶の蓋を開けた。そしたらこの中に一杯転がっちゃったんだ。それで勿体ないから拾おうとしてただけだよ」

「ウン、そうだよあんマカロン捜したけど売ってないから兄ちゃんと三百円ずつ出し合ってこれ一つ買ったんだけどさ」

一郎が言えば二郎も口を出す。

「へエ？　そのマーブルチョコをね？　ちょっと見せて」

一郎から取り上げてみれば京都限定の彩りカラフルな丸いチョコである。成る程とフッチーもそこだけコンクリートの蓋が取れポッカリ空いている溝を覗き確認してみた。すると双子達の言う通り中に十個位は点在している。

「だけど一郎君、二郎君、勿体なくてももう拾わない方がいいわ。下水道のバイ菌が一杯付いてるわよ。ネエ、フッチー」

それでフッチーもユッキーの言う通りだと溝からすぐに顔を上げようとしたのだが？

その時蓋のしてある側溝の奥の方に何かキラリと光る気になる物を発見したのである。

チョコボールは諦めたがそれでも序でにと思い態々手を伸ばしそれを拾い上げてみた。

「エッ、嫌だ。ユッキーこれって？」

まじまじ見てみるとそれは確かに果物ナイフの様だったが汚いタオルにくるんである。

それを少し捲ってみるとナイフには赤黒い血の様なものがベッタリ付着しているし、それでタオルもドス黒く汚れていたと分かった。

「ギョエーッ。ユッキー見て見て、こんな所にこんな物が？　もしかして人の血だとしたら大事だわ。これは殺人事件だよ」

「エッ、本当？　殺人事件なの？」

二人の慌てふためいた言葉に双子達も面白そうに騒ぎ出した。

「マア、マア、双子ちゃん達、静かにして。フッチー、人の血か何だか分からないけどこのビニール袋に入れて近くの交番に届けてみようよ。とにかくサッサと戻らないとみんな心配してるしバスに置いて行かれちゃうかも」

確かに動物の血かも知れないし、ユッキーの言うのも一理ある。厄介な双子達を急き立て、四人はアタフタとマイクロバスの方向へ走り出した。

ところがである。フーフー言いながら一生懸命走っている時、何故か車道から一台のパトカーがスーッと後から近寄り付けてきたのである。それからすぐにマイクでの放送が流れた。

「コチラハ京都府警察デス。ソコノ歩道ヲ走ッテイル四人、女性二人、男児二人、スグニソノ場デ止マリナサイ」

「ハアッ？　ユッキーそこの歩道の四人ってもしかして私達の事？

何だろう？　でも今のところ何も違反してないよね？」

パトカーが後から近付いて来るのに気付き、双子とフッチー達はギクリとして振り向いた。

「だけどちょっと可笑しいわね？　あの声は何処かで聞いた事ある様な？」

ユッキーが訝し気に何度も振り向くと、パトカーが歩道に横付けして止まった。そして何と中から愛しのロベルトが手を振り降りてきたではないか？

「パードン、ユッキー・フッチー、ホンノタダノ冗談デス、マダ京都ニイタノデスカ？ココデ出会ウトハ思ッテイマセンデシタ」

　悪戯っぽく笑うので皆ホッとすると同時にニヤニヤ笑い返すしかなかった。

「フッチーカラサイフヲ抜キ取ッタ男ノ正体ガ割レマシタ。ヤハリ国際ロマンス詐欺ノ一員デス。他ノ仲間ハ京都デノ捜査線ヲ逃レ、既ニ他県ヘ高飛ビシマシタガ彼ハソノ前ニ余程金ニ困ッテイタノデショウ。スリモデスガ丁度コノ辺リノ民家デ老夫婦ヲ殺害シ金ヲ奪った疑イモアルノデス」

「エーッ、あのスリ野郎が殺人も？　そんな恐い奴だったのか？」

あの時竹林の道で捕まえてよかった。と言う様にフッチーは双子達にチラリと目をやった。

「付近ノ目撃情報カラ容姿ハ彼ニ間違イナイデスガズット完全黙秘ヲ通シテイテ確証ガアリマセン。ソレデ私ハ今警察官と一緒ニ殺害サレタ夫婦ノ家ニ遺留捜査ニ来マシタ」

「エーッ、この近くの家で殺人が？　それでロベルトが遺留捜査を？」

ユッキーは恐ろしくてブルッと身震いしたが、ふとここへフッチーが手にブラ下げている、交番へ届ける予定の果物ナイフに目を向けた。

「話すと長くなるわ。でも今しがた、そこの溝でフッチーが血だらけの果物ナイフを拾ったのよ。一緒に交番に届けるつもりだったけど、でもそれはロベルトに渡した方がいいみたいね？」

「オオッ、フッチーガソコノ溝デナイフヲ？　被害者ノ家ハ丁度ソノ奥デス、調ベテミナイト分カリマセンガ指紋採取ヲシ、血痕ノＤＮＡモ老夫婦ノモノト一致スレバ決定的ナ殺害証拠トナリマス。メルシーボク、ユッキーフッチー、ココデ出会エテトレヴィアン（素晴らしい）デシタ」

フッチーがナイフの袋をロベルトに手渡すと大喜び。感謝しながら側に待たせていたパトカーに乗り込んで行ってしまった。確かに証拠品となれば双子絡みでフッチーも大手柄だが、それにしても又もや擦れ違いのユッキーはトレヴィアンどころか切ない思いばかりであった。

だが今はそうも言っておれず大慌てで目当てのマイクロバスに駆け付けた。するとその前では素笛先生が心配そうに青褪めてキョロキョロ見回し待ち構えていたのである。

「オーッ無事二人を見つけてくれたか。有り難う。警察に届けねばと相談していたところだったよ」

「アッ、先生、一郎と二郎が帰って来たのね。あのユッキーとフッチーのマネージャーさん達が連れてきてくれたんだ」

すると車内の一番前の席で見ていた花菜子も飛び出てきて流石に大喜び、二人に礼を言ってくれた。三十分どころか一時間も遅れて戻ったので父兄も心配していたらしい。

その後、エンジンを吹かしたまま待ち構えていた運転手さんがすぐにバスを出発させてくれたのだが、それからが又一騒動だった。

車内で花菜子に叱られた双子達が大声を上げて泣き出すという又もや迷惑千万なハプニングが起きたのである。

「姉ちゃん遅くなってゴメン、僕達が悪かったんだよ。大好きなあんマカロンを父ちゃんや母ちゃんに買おうと思ってさ。

それからお姉さん達と外へ行った時にスリを捕まえたと言ったけど、本当は凧糸を張ったのはフッチーさんに悪戯しようとしたからなんだ」

「ウン、そうなんだよ。きっと姉ちゃんが喜ぶと思って。黙っててゴメン」

「エーッ、嘘ーっ、あんた達何やってんのよ！」

何故か一郎と二郎が急に素直になり全てを白状してしまったのだ。

フッチーは昼休憩の後素笛に、双子達がスリを捕まえ警察から表彰されるかも知れない、などとだけ伝え、それとなく褒めておいた。花菜子もそれを又聞きしていただけに真逆のショックが大きかったのだろう。

それ故叱られた弟達も激しく泣いたが花菜子自身も子供心に情けないやら恥ずかしいやらで負けず大泣きし、涙の爆発的三重奏が車内に充満してしまったのである。

その様子は見方によっては一応の兄弟愛にも思え周囲の父兄達は同情さえした。だが運転手さんは前方に注意しながらも肩を震わせクックッと忍び笑いをしていたのである。

そんな想定外の大騒動の中、夜七時を過ぎると車外は次第に暗闇に包まれ、バスは最初の予定より二時間遅れでやっと故郷に無事到着した。

流石にげんなり疲れてしまったフッチーとユッキーはやはり父兄や子供達の一番最後からバスを降り、素笛先生と運転手さんにだけは声を掛けた。「お疲れ様、有り難う御座いました。それではこれで」と手を振り合い、お別れをした。全てが御難続きだった日帰り旅もこうして呆気なく終わりを告げたのであった。

そしてその日から一夜明けた早朝、七時の事であった。

スマホに着信がありベッドから飛び起きると何と待ち兼ねていたロベルトからだった。

「オオッ、ボンジュールユッキー、エクスキュアズ、私ロベルトデス」

「エッ？　ロベルト、ボンジュール、でもこんなに朝早くどうしたの？」

「昨夜遅ク豊田市へ来テ駅裏ノビジネスホテルニ泊マリ朝一番デユッキーニ電話シタノデス」

「マア、有り難う。でも昨日の事件の事だけどもう解決したの？　そういえば持って行ったナイフから指紋は採れたの？」

「ハイ、ソレモユッキートフッチーニオ礼言イタカッタデス。証拠トナル複数ノ指紋ガ採取サレタノデ黙秘シテイタ男モ老夫婦殺害ヲ認メマシタ。殺害後家の中ヲ物色シテ金ヲ奪イ、外ニ出タ時、犯行ニ使用シタ、ナイフガ邪魔ニナリタオルニ包ミ一旦側溝ノ奥ニ隠シタノデス。後デ取リ出ソウトシマシタガ、ソノ前日ニ偶然通リ掛カッタ竹林ノ道辺リデフッチーノバッグカラ食ミ出テイタサイフヲ見ツケ仲間ノ待ツ、埼玉へ行ク前ノ置キ土産ニト掏ッタト言ッテイマス。ソノ後カラ埼玉ニイル詐欺集団ノアジトモ自供シタノデス。ソレデ今夜中ニハ私モ埼玉へ発ツ予定デスガソノ前ニユッキーニ一目会イタイデス。市内ノ何処カデ食事ハ出来マセンカ？」

京都でデートの筈だったのに、ロベルトの任務の都合で豊田市内での食事に変更になってしまった。

それでもフッチーの怪我の功名で彼の事件捜査に進展ありだったのだから手放しで喜ばねばならないだろう。

「いいわよ。でも側溝から拾ったナイフにしてもフッチーが協力してるんだし、今から連絡してみるわ。ホラ、先日話したでしょ？　フッチーの彼氏で空手の先生、素笛さんを紹介したいなんて言ってたわ。よかったら四人でランチって、どうかしら？」

「分カリマシタ。ソレナラユッキーニオ任セシマス」

成り行き上、二人だけでランチとはいかなくなりフッチーに電話してみるとそれから二〜三十分後に折り返してきた。

「OKよ！　正人も私の大手柄に驚いていた。けど三時以後は空手の用事があるんだって。弟子入り希望の子供が一人、母親の付き添いで道場へ来るんだってさ。それで出来れば道場の近くのファミレスにして欲しいって」

「ウン、分かった。フッチーじゃあ又後でゆっくりね」

ユッキーは早速ロベルトに連絡を取り豊田市の駅裏に車で十一時には迎えに行くからと伝えた。

そういえば駅裏といえば三〜四年も前、フッチーが運悪く麻薬密輸の暴力団に襲われロベルトや警察に助けられた場所なのである。

それ以前にロベルトがその世界的な密輸組織を追い掛け、アラフォー世代突入のユッキーとフッチーが参加した大阪城巡りバスツアーに便乗した。

ところがそれが偶然の出会いとなり、しかもロベルトが大の日本贔屓だった、それ故ユッキーとはお互い一目惚れ、そこから長い遠距離恋愛が始まった。と言うのが現在の二人の馴れ初めである。

国際結婚といえば今時珍しくもないだろうがフランス国籍でしかもインターポール所属のロベルト刑事である。本部からの指令があれば世界中を飛び回らねばならない。以前ユッキーはフッチーと二人でロベルトにヴェルサイユ宮殿やモンサンミッシェルに招待された思い出もあるがそれも結局事件絡みとなってしまった。さらに蒲郡市、竹島での悲しい「乙姫の恋」事件も同様であった。

災いあり事件あり、そんな中での貴重な再会なのに何故か何時も邪魔が入り慌ただしいばかり、甘いデートどころではなかったのである。

今回もその連続となりユッキーが今まで以上にヤキモキするのも当然であった。

駅裏に着くと、そこで待っていたロベルトを助手席に乗せ、そこから素笛の道場近くのファミレスまでは二十分程で行けた。

ユッキーはこの時とばかりロベルトの腕に寄り添って店内に入ったがもう既にフッチー達は先に来て、並んで奥の席に着いていた。

だが二人は話に夢中になっていたのか。近付いてもこちらに気付いてくれず、ロベルトの方から先に声を掛けた。

「ボンジュール、フッチー、素笛サン、アンシャンテ（初めまして）ロベルト・クレマンテデス」

「アラ、ユッキーゴメン。ロベルト刑事いらっしゃい。昨日はどうも」

フッチーがやっと気付いた様子ですぐに素笛にロベルトを紹介してくれた。

「ロベルト刑事、どうもお初です。フッチーから今色々御活躍を聞いていたところです。それにしても日本語がお上手なんで驚きました」

素笛は立ち上がり、にこやかな笑顔のロベルトと固く握手をした。

「ウイ、メルシーボク。私何年モ前カラ日本大好キデ日本語モ一生懸命勉強シマシタ。素笛サンハ空手三段ノ師匠デ昨日京都ニイラシタ事ハユッキーニ聞イテイマス。私モ同ジ京都デシタガ事件ノ捜査ガ手間取リユッキート約束シタランチ出来マセンデシタ。デスガ今日ハフッチート素笛サンニモオ会イ出来テトテモ嬉シイデス」

「いや、こちらこそ、聞くところによると年齢も僕と同じだそうですね？　そんな堅苦しい挨拶は抜きでザックバランでお願いしますよ。フッチーはユッキーとは親友で長いお付き合い、ロベルトにも色々お世話になったそうですね？」

「そりゃあ正人さん、お世話になったどころじゃないわよ。私とユッキーが麻薬密輸団逮捕に協力したお礼にとフランスに招待なんてしてくれたんだから凄いでしょう？」

フッチーが念を押したが昨日の空手遠征では今日の様に素笛とゆっくり話す暇もないどころか散々だったのだ。やっと個人的な時間が取れ安心したのか、親し気に正人さんなどと気軽に呼び楽しそうだ。

「ヘエーッフランス旅行に？　それは本当に凄い。ところでランチの注文は何にする？　四人同じでスパゲティランチでいいのかな？」

四人分のスパゲティランチと、アフターコーヒーを注文してくれたがその後で素笛が又話を続けた。

「麻薬密輸団？　そう言えば僕が最初にフッチーに出会ったのも似た様な名古屋港での金塊密輸事件でタイ人プラコッタを助けた時だったよな？」

「エエ、そうそう、そうなのよね。あの時はフッチーが預かっていたリッチバッグドッグ、チャパが大活躍したわ。フッチーが大声で助けを呼んだからフッチーもプラコッタも、ジョギングしていた素笛さんに助けて貰えたのよ。それが素晴らしい偶然の出会いになったのよね」

ユッキーもフッチーに目配せしながら笑顔で話に加わった。

「マア、それが御縁でフッチーには色々手伝って貰え有り難いんですよ。僕には妹が一人いるんですが両親にはガールフレンドとして報告してあるんですけどね。ところでロベルトの家族は皆お元気ですか？　フランスに住んでるんですよね？」

何故か素笛の話がロベルトの家族に飛び火したのであるが、実はユッキーもそれに付いてはこれまで遠慮して余り深く追及した事はなかった。

「ウイ、家族ハ私ト両親ノ三人デス。元ハ四人デシタガオヨソ五年前、父ト同ジポリスダッタ兄ガ殺人集団、マフィアニ係ワリ殺サレマシタ」

「エッ、ロベルト、お兄さんがマフィアに？　何てお気の毒。そんな恐ろしい話は今初めて聞いたわ」

突然、不幸な出来事を知りユッキーは勿論、その場の素笛もフッチーも思わず息を飲んだ。

「私ハ最初ポリストハ無関係ノ仕事ニ就イテイマシタガ亡クナッタ兄ノ敵討チヲシタクテナショナルポリススクールニ入リ、ソレカラ父ノコネクションデインターポールニ配属シテ貰エマシタ。

兄ヲ銃殺シタマフィアハ散リ散リニ世界中ヲ逃ゲ回リ行方ハマダ不明デス。私ハ今デモ世界ノアチコチヲ飛ビ回リナガラ憎イマフィアノ捜査モシテイルノデス」

「そんな、ロベルト、お兄さんの敵討ちなんてまるで日本の武士道みたい？　それじゃあ本当はマフィア集団逮捕が目的で日本に来たの？」

今まで思ってもみなかったロベルトの身の上にユッキーは驚くばかり。それが本当の目的なら今まで夢見ていた自分の国際ロマンスは一体どうなっているのかと不安に駆られた。

「ウイ、マフィアハイタリア人デ日本ニハ来テイナイト分カリマシタ。ケレド両親モ兄モ大ノ日本贔屓デ、私モ来日シテ最初ニ雪化粧の富士山見ニ行キトレヴィアンデシタ。ソノ気持チ分カリマス。心暖カク素敵ナ日本女性、ユッキーニモ出会エ幸セデス。嘘デハアリマセン」

「アアーン、そうなんだ。御馳走様、よかったね。ユッキー」

ユッキー同様側でじっと聞いていたフッチーもホッとした様子だ。

「ウイ、ソレデ私ノ両親、ピエールトハンナ言イマス。パリニ住ンデイマスガ、私ハインターポール近クノリヨンニアパルトメント借リテイマス。実際兄ノ殺害犯ガ生キテイルノカ死ンデイルノカマダ分カラナイ、デモ私ハ国際法上ノ犯罪、他国ヘノ侵略、利益侵害ナドニ係ワル重要ナ使命ヲ受ケ巾広ク活動シテイルノデス」

「ロベルトが重要な任務に就いているのはよく分かったわ。だけど一つ聞いてもいい？　率直に言ってユッキーはロベルトのプロポーズをずっと待っているのよ。結婚したらフランスで一緒に暮らせるのかどうか教えて欲しいんだけど？」

自分と違い押しが強いとはいえフッチーがそこまで言うとは思わなかったのでユッキーもびっくりしたが、それにはロベルトも一瞬口籠った。

「パードン、ソレハ考エナケレバイケマセン。ケレドユッキーガフランスニ来テクレテモ私ハ殆ドアパルトメントニイナイノデス。月ノ内半分以上ハ外国デ泊マリ込ミノ任務ガ多イノデユッキーハソノ間一人デ淋シイト思イマス」

「そりゃあ確かに淋しいわよ。お兄さんの敵討ちは気持ちも分かるけど、じゃあユッキーとの結婚はどうするの？　ロベルト責任取ってよ！」

人事とはいえ親友のユッキーを思うとフッチーはイライラして人前なのについ声を荒らげた。

しかしそんな時、男同士で何処かが分かり合えるのか？　見兼ねた素笛がフッチーの肩をトントンと叩いた。

「フッチー、マア、そう興奮しないで。ロベルトはそんじょそこらの刑事じゃない。僕等と違って狭き門を掻い潜りインターポールに採用された位だからその立場上結婚にも慎重になるのは当然なんだ。

しかしそれも然ることながらだよ。名案が一つ浮かんだ」

「何、名案って？　正人、勿体振らずに話してよ」

フッチーが横からチャチャを入れた。

「結婚となればユッキーにはそれなりの覚悟が必要だと思うよ。ただすぐにではなくても将来ロベルトが日本に移住して拠点を決めたらいいんじゃないの？　そこから海外へも飛び回ればいい。どっちみち出張が多いんだしさ。ロベルトは随分日本を気に入っているし日本在住ならユッキーの生活上での負担も減る。もし日本駐在となれば大使館も日本の警察も喜んで歓迎するんじゃないか？　無理な話かも知れないが、だからと言って仕事を辞めろと言ってるんじゃないんだ。とにかく上司とか御両親に相談してみたらどうかな？と思ってさ」

「ウーンそれならいいわ。ユッキーも私も淋しくないしグッドアイデアだわ。流石に正人先生ねー」フッチーは大喜びでグッドジョブと右手の親指を立てた。

「本当？　そうなれば嬉しいわ。でも現実はそんなに簡単な話じゃない気がするけど？」

そうは言われても当のユッキーは浮かぬ顔でチラリとロベルトに目をやった。

「ウイ分カリマシタ。素笛サンノアドバイス正シイデス。私モ埼玉デノ役割終ワレバフランスニ帰リマス。ソノ後上司と両親ニ相談シ移住ノ申請ヲ出スナド一番良イ方法ヲ見ツケテミマス」

「そうだよ。ロベルトそれがいいです。この際その前にユッキーと何でも包み隠さず話し合ってみたら？」

素笛の言葉にユッキーもロベルトと顔を見合わせ頷いた。

これにて困難な国際的ロマンスは一歩前進したかの様に思えた。だがそれはともかくフッチーには厄介なトラブルが、一つ残っていたのだ。

「そういえば今一つ思い出したわ。昨日の遠征の帰りなんだけど、バスを降りた後に花菜子ちゃんが弟達を連れて私に謝りに来たのよ。

『今日は弟達が困らせてばかりでゴメンナサイ。でも私が九級に進級したらフッチーさんに試合を申し込みます。私が勝ったらもう素笛先生に近付かないでくれませんか。私が先生のお嫁さんになりたいんでお願いします』なんて言ったのよ。子供だから「へへーン」と相手にもせず笑い飛ばしたけど本当に試合申し込まれたらどうしよう？　子供とはいえあの強情さと根情には流石の私も負けそうな気がする」

これも突然の話だったので素笛もウッと声を上げたじろいだ。

「ブ、ブッチー、花菜子君は僕の弟子だし、確かに今回京都で頑張ったからすぐに九級に進級すると思うよ。だけどそんな身勝手な試合など到底許可出来んよ。絶対止めた方がいい」

声が上擦ってブッチーなどと呼んだ。

「そうよね。本当なら私だってあの三兄弟にはイライラさせられっ放し。一本背負いでコテンパンにしてやりたいよ」

「一本背負いは空手じゃない。柔道の技だよ。とにかく武道は喧嘩とは違う。子供でも大人でも礼に始まり礼に終わる神聖な戦いなんだ」

「フーン、確かにそれはそうだけどさ」

フッチーも素笛に逆らえず仕方なく黙ってしまったが今度はフッチーを想い相身互いのユッキーの出番になった。

「確かに花菜子ちゃんの様子は私も昨日見て知っているわ。きっと子供心にも素笛先生に憧れて淡い片想いなのよ。私だって中学生の頃そんな経験あるしね。だからと言って傷付けたら可哀想だけどそうは言ってもフッチーの強敵、ライバルなのよ。ここは間に挟まれた素笛先生の賢い出方次第だと思うわ」

「私モソウ思イマス。ユッキー、素笛サンノ立場ハナイーブデス。コレハ慎重ニ解決シナイト大変ナ事ニナリマスヨ」

他人事となると誰でもつい口を出したくなるものか、ロベルトまでがトラブルに巻き込まれ思案顔である。

しかし肝心要のモテ男、素笛先生はというと？

「花菜子君は昨日、弟達を捜して連れてきてくれたフッチーに泣いて謝っていたよな？　それがすぐその後でそんな衝撃の展開になるなんて？　とはいえつまらん私的な争いで空手を悪用して貰っては困る。しかしだ。考えてみればこの問題は僕の不行き届きというべきか？　よし！　花菜子君も空手の弟子の一人には間違いないしな。なんとか解決するから黙って任せてくれないか？　しかし余り刺激させたくないのでフッチーの護身術の入門は暫く遠慮して欲しい。それでどうかね？」

一応男らしく啖呵を切ったが、内心は穏やかでなく、老成《ませ》た小学生と気の強いアラフォー美人フッチーに挟まれタジタジである。これも空手一筋を通してきた気一本の素笛にしては傍迷惑な女難なのであった。

「じゃあ今から改めて四人の楽しい出会いを祝してチアーズといきたいところだ。だが残念ながらもう時間がないんだよ。悪いけど僕はソロソロ失礼して戻らないといけない。それにしても今日はお互いに腹を割った話が出来て良かった。フッチー、この後はまだ三人でゆっくりしていくといいよ」

「ウン、ソブ正、分かった。有り難う」フッチーもやっと冷静に戻ったのかつい忘れていた先回の「ソブ正」が口に出た。

「メルシーボク、私モ素笛サント気ガ合イソウデトテモ楽シカッタデス。又是非機会ヲ作リオ会イシタイデス」

望んでいた四人でのWデートこそ実現しなかったが、それなりに有意義な、実りある食事会となったのである。

「じゃあフッチー、私もロベルトを駅まで送っていくからこれで失礼するわね。後で又電話するから」

「そうだね。ロベルトも忙しそうだけどね。ソブ正が言った様にユッキーの事はよく考えてよね」フッチーの念押しにロベルトは頷いていた。

店の外にでてから二人と一人に別れて、名残惜しそうに手を振った。

「素笛サンハ性格モイイシ馬ガ合イソウデス。又一人ユッキーノオ陰デ日本ニ私的ナ親シイ友人出来マシタ。今夜中ニ埼玉ニ行キ命ジラレタ任務終ワレバスグニフランスニ帰国シマス、ソノ後日本ヘノ移住ニ付イテ両親ニ相談シテミマス。

少シ時間掛カッテモソレマデ待ッテイテ下サイ」

「ウン、分かったわ。ロベルト大丈夫よ。そうするわ。

でも何かあればすぐに電話してね」

ユッキーはロベルトを豊田市駅まで送って行き、電車の乗り場まで付き添い、ハグをして別れた。大きく手を振りながら今度何時会えるのか？　なるべく早くポジティブな返事が聞けるよう心の中で祈りながら。

そしてその日の夜遅くになってフッチーから電話がきた。

「ネエ、ユッキー、ロベルトは今頃無事埼玉県に着いたのかしらん？　でもユッキーの遠距離恋愛もこれで一歩か二歩は進んだよね。良かったじゃん」

「エエ、そうよ。素笛さんとフッチーのお陰だわ。有り難う。

それでこんなに遅く何か他に用事でも？」

「ウン、それなんだけどさ。正人の事だけど。

よく考えてみたら花菜子ちゃんはまだ十一歳、結婚は未だ未だ先だわさ。私がどうかしてたよ。適齢期過ぎの歳で言えば私の勝ちに決まってるじゃん。何も空手の試合で勝負付ける事なかったんよ。それにあの後正人から電話があったんだ。

『ヤア、フッチー道場の出入りは暫く禁止令を出したけどね。土、日の朝位には何時も矢作川の堤防をジョギングしてるんだよ。護身術も取り敢えず足腰を鍛えた方がいいから走りに来てみたら？』

って言ってくれたんで大感激、ユッキーも一緒に走らないかと思って電話してみたんだよ」

「ハアッ？　土、日の早朝ですって？　何て事言うのよ。悪いけど私は遠慮するわ。フッチー、お一人でどうぞ」

『ア〜ア、休日の朝位偶にはゆっくり寝かせてよ！』

幾ら何でもジョギングデートのお付き合いなどは真っ平だった。

今回の二人は京都でスリを捕まえたり血染めのナイフを拾ったりしたが直接危険な事件に深入りする事はなかった。しかし色々波乱万丈の末ユッキー、フッチーもドタバタしながら少しずつ婚活の核心に近付いてきているのは間違いなかった。

一応グッドジョブである。それでは引き続きこの先のユッキーとフッチーの胸キュン恋の行方は？　ミステリーは？

ドキドキワクワクの次作をどうぞお楽しみに！

エブリバディグッドラック！


―完―